COLLECT

Saga
de Gísli Súrsson

*Traduit de l'islandais et annoté
par Régis Boyer*

Gallimard

Ce texte est extrait des *Sagas islandaises*
(Bibliothèque de la Pléiade)

Titre original :

GÍSLA SAGA SÚRSSONAR

© *Éditions Gallimard, 1987.*

NOTE DE L'ÉDITEUR

Aux XIIe et XIIIe siècles, s'est développée dans l'Islande médiévale une littérature originale et inimitable : les sagas. Le mot *saga* vient du verbe *segja* qui signifie *dire, raconter*. Colonisés par les Norvégiens et les habitants des Îles britanniques, les Islandais se sont attachés à consigner par écrit les récits du passé proche ou lointain, à établir l'hagiographie des grands rois de Norvège, des premiers évêques islandais, puis des héros illustres et parfois légendaires. Parmi les sagas, on trouve aussi bien l'histoire du roi norvégien Sverrir (*Sverris Saga*) que celle de la Vierge Marie (*Máríu Saga*) ou, à l'imitation de Chrétien de Troyes, les aventures d'Érec et Énide (*Erex Saga*). Il existe trois types de sagas : les sagas « de contemporains », où l'auteur parle de personnages qu'il a connus ; les sagas de familles, plus souvent appelées « sagas islandaises », qui rapportent les faits et gestes d'un ancêtre ayant vécu au Xe ou XIe siècle, comme la *Saga de Gísli Súrsson* ; et les sagas « des temps anciens », qui empruntent leurs thèmes aux grands mythes européens, perdant ainsi peu à peu leur originalité.

Les sagas sont en prose, souvent entrecoupée de passages en vers. Le style se caractérise par sa concision, sa fermeté et sa clarté. Les auteurs (*sagnamenn*), toujours anonymes, ne se permettent ni embellissements, ni interventions personnelles. La litote et le sous-entendu sont de règle et participent à faire des sagas des textes remplis d'ironie. Le héros des sagas est en général un homme d'action, bourru et taciturne, prêt à tout pour aller au bout de lui-même. Il est pour cela instruit par une constante intervention du surnaturel faite de rêves prémonitoires et de présages. Dans un style fait d'économie, de resserrement, voire même de laconisme, elles exaltent la dignité humaine, le respect d'un ordre consenti, l'amour des grandes valeurs familiales.

Les sagas, souvent mal connues en France, constituent le fleuron de la culture nordique, mais aussi le joyau de la littérature médiévale occidentale et passionnent la critique par les nombreuses questions qu'elles soulèvent.

La *Saga de Gísli Súrsson*, qui date de la fin du XIIᵉ, est l'histoire de Gísli le Bon confronté à un terrible dilemme : trahir son honneur ou venger celui à qui il a juré d'honorer la mémoire. Poursuivi par le malheur, il sème la mort autour de lui et évolue dans une envoûtante atmosphère de solitude et d'abandon. Héros romantique par son caractère trouble et ses nobles désirs, il affrontera avec une sauvage grandeur et une surprenante sagesse l'inexorable rigueur du destin.

CHAPITRE PREMIER

Cette saga commence alors que le roi Hákon
Adalsteinsfóstri[1*] régnait sur la Norvège, et elle se
passa vers la fin de sa vie. Il y avait un homme qui
s'appelait Thorkell ; il était surnommé Skerauki ;
il habitait dans le Súrnadalr, et avait rang de
hersir[2]. Il avait une femme qui s'appelait Ísgerdr,
et trois enfants, des fils : l'un s'appelait Ari, l'autre,
Gísli, le troisième — c'était le plus jeune —,
Thorbjörn. Tous grandirent à la maison[3]. Il y
avait un homme qui se nommait Ísi ; il habitait
dans le Nordmoerr, dans le fjord qui s'appelle
Fibuli[4] ; sa femme s'appelait Ingigerdr, et sa fille,
Ingibjörg. Ari, le fils de Thorkell du Súrnadalr, la
demanda en mariage, et elle lui fut accordée avec

* Les notes se trouvent en fin de volume, p. 117.

9

de grands biens. Il y avait un esclave[5] qui s'appelait Kolr : il s'en alla avec elle [chez Ari]. Il y avait un homme qui s'appelait Björn le Blême ; c'était un berserkr[6]. Il allait par le pays et provoquait les hommes en duel s'ils ne voulaient pas faire à son gré. Pendant l'hiver, il vint chez Thorkell du Súrnadalr. C'était Ari, son fils, qui dirigeait alors la ferme. Björn offrit à Ari de choisir entre deux choses : préférait-il se battre en duel contre lui dans l'îlot qui se trouve dans le Súrnadalr et s'appelle Stokkahólmr, ou bien voulait-il lui livrer sa femme ? Il choisit aussitôt de se battre, plutôt que de couvrir de honte et lui et sa femme. La rencontre aurait lieu dans un délai de trois nuits. À présent, le temps passe jusqu'à la rencontre sur l'îlot. Alors, ils se battent, et pour conclure, Ari tombe et y laisse la vie. Björn considéra avoir remporté au combat et la terre et la femme. Gísli dit qu'il préfère périr que de laisser faire cela, qu'il veut se battre en duel contre Björn. Alors, Ingibjörg prit la parole : « Ce n'est pas parce que j'ai été mariée à Ari que je n'aurais pas préféré t'appartenir. Kolr, mon esclave, possède une épée qui s'appelle Grásída[7] et tu vas lui demander qu'il te la prête car elle a la propriété de donner la victoire à celui qui s'en sert dans la bataille. » Il demanda l'épée à l'esclave, et l'esclave se fit prier pour la prêter. Gísli se prépara pour le duel, le combat eut lieu et se termina par la mort de Björn. Alors, Gísli considéra qu'il avait remporté une grande victoire, et l'on dit qu'il demanda Ingibjörg en mariage, ne voulant pas laisser cette excellente femme sortir de la famille, et qu'il l'obtint. Il prit donc toute la propriété et devint un homme important. Là-dessus, son père mourut et Gísli reprit toute la propriété après lui. Alors il fit tuer tous ceux qui avaient accompagné Björn. L'esclave réclama son épée, et Gísli ne voulut pas la lui rendre : il lui offrit de l'argent à la place. Mais l'esclave ne voulait rien d'autre que son épée, et ne l'obtint pas. Cela lui déplut fort, et il se jeta sur Gísli : ce fut une grande blessure. En échange, Gísli frappa l'esclave à la tête avec Grásída, si fort que l'épée se brisa, mais le crâne en fut fendu, et l'un et l'autre tombèrent morts.

CHAPITRE II

Après cela, Thorbjörn reprit tout le bien qui avait appartenu à son père et à ses deux frères. Il habita dans le Súrnadalr, à Stokkar. Il demanda en mariage une femme qui s'appelait Thóra et était fille de Raudr de Fridarey[8], et l'obtint. Leur ménage était excellent, et peu de temps s'écoula qu'ils avaient déjà des enfants. Leur fille fut nommée Thórdís, et ce fut l'aînée de leurs enfants. Leur fils aîné s'appela Thorkell, le second, Gísli, le plus jeune, Ari, et ils grandirent tous à la maison. Il ne se trouvait pas, dans le voisinage, d'hommes qui, à égalité d'âge, leur fussent supérieurs. Ari fut élevé par Styrkárr, le frère de sa mère, mais Thorkell et Gísli restèrent tous les deux à la maison. Il y avait un homme qui s'appelait Bárdr ; il habitait là, dans le Súrnadalr ; c'était un jeune homme, et il venait de reprendre l'héritage de son père. Il y avait un homme qui s'appelait Kolbjörn ; il habitait à Hella dans le Súrnadalr. C'était un jeune homme et il venait de reprendre l'héritage de son père[9]. Il y eut des gens qui dirent que Bárdr séduisit Thórdís Thorbjarnardóttir : elle était à la fois belle et avisée. Cela déplut fort à Thorbjörn et il dit qu'il pensait que, si Ari était à la maison, les choses iraient mal pour eux. Bárdr dit que les paroles des vieux incapables n'avaient aucun sens, « et je ferai comme avant ». Thorkell et lui étaient bons amis et il l'appuya, mais Gísli était comme son père et les entretiens que Bárdr avait avec Thórdís lui déplaisaient. On dit qu'une fois Gísli entreprit un voyage avec Bárdr et Thorkell. Il alla jusqu'à mi-chemin de Grannaskeid — c'était ainsi que s'appelait l'endroit où habitait Bárdr — et au moment où il s'y attendait le moins, Gísli assena à Bárdr un coup mortel. Thorkell se mit en colère et dit que Gísli avait mal agi, mais Gísli ordonna à son frère de se calmer, « et échangeons nos épées : prends celle-ci, elle mord mieux » ; il se mit à plaisanter avec lui. Alors Thorkell se calma et s'assit près de Bárdr, et Gísli s'en alla à la maison, dit à son père ce qu'il avait fait, et cela plut bien à celui-ci. Jamais plus les frères ne furent en aussi bons termes qu'avant et Thorkell n'accepta pas l'échange des armes. Il ne voulut plus rester à la maison et s'en alla chez Hólmgöngu-Skeggi, dans l'île Saxa — c'était un proche parent de Bárdr —, et habita là[10]. Il presse fort Skeggi d'aller venger Bárdr, son parent, et d'épouser Thórdís, sa sœur. Ils s'en vont donc à Stokkar, à vingt ensemble, et quand ils arrivent à la ferme, Skeggi demande à Thorbjörn d'entrer dans sa famille « et d'entrer en ménage avec Thórdís, ta fille ». Mais Thorbjörn ne voulut pas lui donner la femme en mariage. On disait que Kolbjörn courtisait Thórdís. Skeggi crut qu'il allait exploser s'il n'obtenait pas ce mariage, et il alla voir Kolbjörn et lui offrit de se battre en duel dans l'île Saxa. Celui-ci dit qu'il irait et déclara qu'il n'était pas digne d'épouser Thórdís s'il n'osait pas se battre contre Skeggi. Thorkell et Skeggi retournèrent à Saxa et y attendirent le duel avec vingt-deux hommes. Et quand trois nuits se furent écoulées, Gísli alla voir Kolbjörn et lui demanda s'il était prêt pour le duel. Kolbjörn répond et demande s'il faut vraiment qu'il fasse cela pour se marier. « Tu ne dois pas dire ça, dit Gísli. Kolbjörn dit : « Quelque chose me dit qu'il ne faut pas que je me batte contre Skeggi. » Gísli lui dit qu'il parlait comme le plus misérable des hommes, « et bien que tu en sois couvert de honte, j'irai cependant ». À présent, Gísli s'en va avec onze hommes dans l'île Saxa. Skeggi arrive dans l'îlot, proclame la loi du duel[11], délimite avec des rameaux de coudrier le champ du duel contre Kolbjörn, et voit qu'il n'est pas arrivé, non plus que celui qui se battrait à sa place. Il y avait un homme qui s'appelait Refr, qui était forgeron de Skeggi. Celui-ci demanda que Refr fasse une image de bois de Gísli et de Kolbjörn « et l'un sera figuré prenant l'autre par-derrière et ce bâton d'infamie restera toujours là pour leur honte[12]. Gísli, dans la forêt, entendit et répondit : « C'est autre chose que tes domestiques auront besoin de faire[13] et tu peux voir ici celui qui ose se battre contre toi. » Et ils vont dans l'îlot, et ils se battent, et chacun tient son bouclier devant soi[14]. Skeggi avait l'épée Gunnlogi[15], en donna de grands coups à Gísli en poussant des hurlements. Alors Skeggi dit :

1.   *Gunnlogi a hurlé,*
            Saxa était joyeuse.

Gísli frappa en échange avec sa hallebarde, et

trancha et la pointe inférieure du bouclier, et la jambe de Skeggi, et dit :

2.   *La lame de l'épée a craqué,*
            Mort à Skeggi.

Skeggi se racheta du champ du duel[16] et alla désormais avec une jambe de bois. Et Thorkell s'en alla à la maison avec Gísli son frère ; les frères s'entendirent fort bien maintenant, et l'on considéra que Gísli s'était fort élevé par cette affaire.

CHAPITRE III

On nomme deux frères. L'un s'appelait Einarr, et l'autre, Árni. C'étaient les fils de Skeggi de Saxa. Ils habitaient à Flydrunes, dans le nord du Thrándheimr. Ils rassemblèrent des troupes au printemps suivant, et allèrent dans le Súrnadalr voir Kolbjörn et lui offrirent de choisir entre deux choses : ou bien il voulait aller avec eux et brûler Thorbjörn et ses fils dans leur maison[17], ou bien il périrait sur place. Il préféra aller [avec eux]. Ils s'en vont de là à soixante hommes, arrivent à Stokkar pendant la nuit et mettent le feu aux maisons. Thorbjörn et ses fils et Thórdís dormaient tous dans une dépendance. Il y avait là, à l'intérieur, deux cuves de petit lait aigre[18]. Gísli et les autres prennent alors deux peaux de boucs, les trempent dans ces cuves, combattent le feu de la sorte, éteignent ainsi le feu à trois reprises ; alors, ils trouvent un mur défoncé, parviennent à s'enfuir ainsi à dix, vont jusqu'à la montagne en se cachant derrière la fumée et se mettent ainsi hors d'atteinte. Mais il y eut douze personnes qui brûlèrent à l'intérieur. Et ceux qui étaient venus là pensèrent que tous ceux qui étaient à l'intérieur avaient brûlé. Mais Gísli et les siens allèrent tant qu'ils arrivèrent à Fridarey, chez Styrkárr, y assemblèrent des forces, trouvèrent quarante hommes, arrivèrent à l'improviste chez Kolbjörn et le brûlèrent dans sa maison avec onze hommes ; alors, ils vendirent leurs terres, s'achetèrent un bateau, mirent dessus soixante hommes et s'en allèrent avec tout ce qui leur appartenait près des îles Aesundir[19] ; là, ils mirent à la mer. Ils s'en vont de là sur deux bateaux, à quarante hommes, et arrivent au nord à Flydrunes. Les fils de Skeggi s'étaient mis en route avec sept hommes pour réclamer leurs fermages. Gísli et ses hommes s'en vont à leur rencontre, et les tuent tous ; Gísli occit trois hommes, et Thorkell, deux. Après cela, ils s'en vont à la ferme et s'y emparent de beaucoup de biens. Gísli décapita alors Hólmgöngu-Skeggi, car il était là chez ses fils[20].

CHAPITRE IV

Ensuite, ils vont aux bateaux, prennent la mer, passent au moins cent vingt jours en mer, et touchent terre à l'ouest, dans le Dýrafjördr[21], sur la rive sud du fjord, dans cet estuaire qui s'appelle Haukadalsóss[22]. Il y avait deux hommes qui se nommaient tous les deux Thorkell et habitaient chacun d'un côté [du fjord]. L'un habitait à Saurar, dans le Keldudalr, sur la côte sud ; c'était Thorkell Eiríksson. Et l'autre habitait sur la côte nord à Alvidra ; il était surnommé Thorkell le Riche. Thorkell [le Riche] fut le premier des hommes de rang à aller aux bateaux, voir Thorbjörn Súrr[23], car on le surnommait ainsi depuis qu'il s'était défendu avec du petit lait. De part et d'autre du fjord, les terres n'étaient pas encore toutes habitées. Alors, Thorbjörn Súrr acheta de la terre sur la côte sud, à Saebóll dans le Haukadalr. Gísli y édifia une ferme et y résida par la suite. Il y avait un homme qui s'appelait Bjartmarr, qui habitait dans l'Arnarfjördr, au fond du fjord, et sa femme s'appelait Thurídr et était la

17

fille de Hrafn de Ketilseyri du Dýrafjördr. Or, Hrafn était le fils de Dýri qui avait colonisé le fjord. [Bjartmarr et Thurídr] avaient des enfants. Leur fille, qui était l'aînée de leurs enfants, s'appelait Hildr ; leurs fils s'appelaient Helgi, Sigurdr et Vestgeirr. Il y avait un Norvégien qui s'appelait Vésteinn. Il était arrivé en Islande à l'époque de la colonisation et logeait chez Bjartmarr. Il épousa Hildr, la fille de ce dernier. Et peu de temps après qu'ils se furent mariés, ils eurent deux enfants. Leur fille s'appelait Audr, et leur fils, Vésteinn. Vésteinn le Norvégien était le fils de Végeirr, frère de Vébjörn Champion-du-Sogn. Bjartmarr était le fils d'Ánn au manteau rouge, fils de Grímr aux joues velues, frère d'Orvar-Oddr[24] fils de Ketill le Saumon, fils de Hallbjörn le Moitié-de-Troll. La mère d'Ánn au manteau rouge était Helga, fille d'Ánn l'Archer. Vésteinn Vésteinnson devint un excellent marin. Toutefois, il avait une demeure dans l'Önundarfjördr, à Hestr, quand la saga se déroula là. Sa femme s'appelait Gunnhildr, ses fils, Bergr et Helgi. Puis Thorbjörn Súrr mourut ainsi que Thóra, sa femme. À présent, Gísli et Thorkell, son frère, reprennent la ferme, et Thorbjörn et Thóra furent enterrés sous un tertre[25].

CHAPITRE V

Il y avait un homme qui s'appelait Thorbjörn et était surnommé Selagnúpr ; il habitait dans le Tálknafjördr à Kvígandafell ; sa femme s'appelait Thórdís, et sa fille, Ásgerdr. Thorkell Súrsson[26] demanda en mariage celle-ci et l'obtint, et Gísli Súrsson demanda en mariage la sœur de Vésteinn, Audr Vésteinnsdóttir, et l'obtint. Ils firent alors maison commune dans le Haukadalr. Un printemps, Thorkell le Riche, fils de Thórdr, fils de Víkingr, dut aller au sud au thing de Thórsnes[27], et les fils de Súrr l'accompagnèrent. À Thórsnes habitait alors Thorsteinn le Preneur-de-Morues, fils de Thórólfr Mostrarskegg ; il avait épousé Thóra, fille d'Oláfr, fils de Thorsteinn ; leurs enfants étaient Thórdís, Thorgrímr et Börkr le Gros. Thorkell régla ses affaires au thing. Et après le thing, Thorsteinn invita chez lui Thorkell le Riche et les fils de Súrr et leur fit de beaux présents quand ils se quittèrent. Ceux-ci invitèrent les fils de Thorsteinn à venir chez eux à l'ouest de là au printemps suivant pour le thing[28]. Alors, ils rentrèrent chez eux. Au printemps suivant, les fils de Thorsteinn s'en vont à l'ouest, à douze en tout, jusqu'au thing de Hválseyrr et ils y rencontrent les fils de Súrr. À la fin du thing, ceux-ci invitent

19

alors les fils de Thorsteinn à venir chez eux. Mais d'abord, les fils de Thorsteinn devaient répondre à une invitation de Thorkell le Riche. Ensuite, ils vont chez les fils de Súrr et y sont fort bien reçus. Thorgrímr trouva belle la sœur des [deux] frères et la demanda en mariage ; là-dessus, elle lui fut fiancée, et l'on célébra la noce aussitôt. La demeure de Saeból lui appartenait en dot et Thorgrímr s'y transporta, mais Börkr resta à Thórsnes et avec lui les fils de sa sœur, Saka-Steinn et Thóroddr. Maintenant, Thorgrímr habite à Saeból, et les fils de Súrr s'en vont à Hóll, y construisent une bonne ferme et placent dans un même enclos Hóll et Saeból[29]. Ils habitent là les uns et les autres, et il y a bonne amitié entre eux. Thorgrímr a un godord[30] et les frères lui sont d'un grand secours. Un printemps, ils vont au thing avec quarante hommes, et tous portaient des habits de couleurs. Faisaient partie du voyage, Vésteinn, le beau-frère de Gísli, et tous les gens du Súrnadalr.

CHAPITRE VI

Il y avait un homme qui s'appelait Gestr et était fils d'Oddleifr. Il était venu au thing et était dans le baraquement de Thorkell le Riche. Les gens du Súrnadalr étaient assis à boire, mais les autres hommes étaient au tribunal, car c'était le thing général. Alors, un homme entra dans le baraquement des gens du Haukadalr[31], un fameux luron qui s'appelait Arnórr, et il dit : « Vous faites bien les importants, vous autres, gens du Haukadalr, qui ne vous souciez de rien d'autre que de boire et ne voulez pas aller au tribunal alors que vos thingmenn y ont des procès à débattre ; et tout le monde pense comme moi, bien qu'il n'y ait que moi pour le dire. » Alors, Gísli dit : « Allons donc au tribunal ; il se pourrait qu'il y en ait d'autres qui parlent ainsi. » Ils vont donc au tribunal, et Thorgrímr demande s'il y a quelqu'un qui a besoin de leur assistance ; « et tant que nous sommes en vie il ne faut pas négliger de faire ce que nous pouvons pour assister ceux à qui nous avons promis notre aide ». Alors Thorkell le Riche répond : « Les procès que nous avons à débattre ici n'ont pas grande importance, et nous vous ferons savoir si nous avons besoin de votre assistance. » Et voilà que les hommes échangent des propos entre eux, sur le faste de leur groupe, sur la superbe de leurs discours. Thorkell dit alors à Gestr : « Combien de temps crois-tu que la morgue et l'arrogance des gens du Haukadalr vont rester si grandes ? » Gestr répond :

« Tous ceux qui sont à présent dans leur groupe ne resteront pas d'accord d'ici trois étés. » Mais Arnórr assistait à cette conversation ; il court au baraquement des gens du Haukadalr et leur rapporte ces propos. Gísli répond : « Il doit avoir dit ce que tout le monde dit. Prenons garde qu'il n'ait pas prédit la vérité. Du reste, je vois un bon moyen pour cela : c'est que nous affermissions notre amitié par des liens plus solides encore et que nous nous fassions des serments mutuels de fraternité tous les quatre. » Cela leur paraît judicieux. Ils s'en vont à Eyrarhválsoddi. Ils dressent de longues bandes de gazon[32] hors de terre, de telle sorte que leurs extrémités restent fichées en terre. Ils placent en dessous une lance incrustée, telle qu'un homme debout puisse atteindre de la main les clous qui fixent le fer au manche. Ils devaient passer là-dessous tous les quatre, Thorgrímr, Gísli, Thorkell et Vésteinn. Maintenant, ils s'ouvrent une veine et font couler ensemble leur sang dans le trou laissé par les mottes de gazon, et mêlent le tout, terre et sang. Puis ils tombent tous à genoux et font le serment de venger chacun d'entre eux comme son propre frère, et prennent tous les dieux à témoin. Et quand ils joignent tous ensemble leurs mains, Thorgrímr dit : « Je suis bien obligé de faire cela avec Thorkell et Gísli, mes beaux-frères, mais quant à Vésteinn, rien ne

m'y oblige », et il retire sa main. « Alors, nous se-
rons plusieurs », dit Gísli, et il retire sa main également, « et je ne me lierai pas avec celui qui ne
veut pas se lier avec Vésteinn, mon beau-frère ».
Les hommes estiment que cela a grande importance. Gísli dit alors à Thorkell, son frère :
« Tout s'est passé comme je le craignais, et ce qui
a été fait ne sert à rien ; et je présume que le sort
a fixé cela. » Les hommes quittent maintenant le
thing et rentrent chez eux.

CHAPITRE VII

Pendant l'été, on apprit qu'un bateau était
arrivé dans le Dýrafjördr et qu'il appartenait à
deux frères, des Norvégiens ; l'un s'appelait
Thórir, et l'autre Thórarinn, et ils étaient originai-
res de la province de Vík. Thorgrímr alla au bateau et acheta quatre cents de bois[33] ; et il paya
partie de la somme comptant, et partie à crédit.
Maintenant, les marchands tirent leur bateau sur
le rivage, à Sandaóss, puis se trouvent un logement. Il y avait un homme qui se nommait
Oddr, il était fils d'Orlyggr ; il habitait à Eyrr,
dans le Skutilsfjördr ; il reçut le capitaine. Thorgrímr envoie alors son fils Thóroddr[34] rassembler

le bois et le compter, parce qu'il voulait le transporter sous peu à la maison. Il y va, prend le bois, le rassemble, et toutefois, il estime qu'il en va du marché que Thorgrímr a conclu avec les Norvégiens un peu différemment de ce que Thorgrímr lui en a dit. Aussi parla-t-il mal aux Norvégiens, et ils ne le supportèrent pas, l'attaquèrent et le tuèrent. Puis les Norvégiens s'en allèrent du bateau après cette action. Ils traversent le Dýrafjördr, se procurent des chevaux et veulent regagner leur logement. Ils vont tout ce jour-là, puis la nuit jusqu'à ce qu'ils arrivent dans la vallée qui remonte du Skutilsfjördr, y prennent leur déjeuner et vont dormir ensuite. Maintenant, on dit à Thorgrímr la nouvelle. Il se prépare immédiatement à quitter la maison, se fait transporter de l'autre côté du fjord, et s'en va tout seul à leur poursuite. Il arrive sur eux, là où ils étaient couchés, réveille Thórarinn, le frappe de la hampe de sa lance[35]. Et celui-ci se lève d'un bond sous le coup, veut se saisir de son épée, car il a reconnu Thorgrímr. Mais Thorgrímr le frappe de sa lance et le tue. Alors Thórir se réveille ; il veut venger son camarade, mais Thorgrímr le transperce de sa lance. L'endroit s'appelle maintenant Dögurdardalr et Austmannfall[36]. Après cela Thorgrímr revient chez lui et devient renommé pour cette expédition. Il reste chez lui pendant l'hiver. Au printemps, les beaux-frères, Thorgrímr et Thorkell, équipent le bateau qui avait appartenu aux Norvégiens. Ces Norvégiens étaient des hommes fort indisciplinés en Norvège et ils y avaient eu des ennuis. Ils équipent ce bateau et s'en vont à l'étranger. Cet été-là, Vésteinn et Gísli partent également pour l'étranger, de Skeljavík dans le Steingrímsfjördr. De part et d'autre, ils mettent à la mer. Onundr du Medaldalr dirige la ferme de Thorkell et de Gísli, et Saka-Steinn dirige avec Thórdís celle de Saeból. Ces choses se passaient au moment où Haraldr au manteau gris gouvernait la Norvège. Thorgrímr et Thorkell arrivèrent au nord de la Norvège avec leur bateau, rencontrèrent bientôt le roi, se présentèrent à lui, et le saluèrent. Le roi les reçut bien, en fit ses hommes liges[37] et ils acquirent biens et honneurs. Gísli et Vésteinn furent en mer plus de cent vingt jours et, au début de l'hiver, cinglèrent de nuit vers le Hördaland, dans une grande tempête de neige accompagnée de bourrasques, mirent leur bateau en pièces, mais conservèrent leurs biens et leurs hommes.

CHAPITRE VIII

Il y avait un homme qui s'appelait Skegg-Bjálfi[38] ; il possédait un bateau de commerce. Il avait l'intention de se rendre au sud, au Danemark. Ils voulurent lui acheter la moitié de son bateau, et il déclara qu'il avait entendu dire que c'étaient de braves gens et leur céda la moitié de son navire ; ils le payèrent séance tenante, et plus qu'il ne le fallait. À présent, ils s'en vont au sud, au Danemark, jusqu'à la ville marchande qui s'appelle Vébjörg[39] et y passent l'hiver chez un homme qui s'appelle Sigrhaddr. Ils y étaient à trois, Vésteinn, Gísli et Bjálfi et il y eut entre eux tous bonne amitié et échange de cadeaux. Mais dès le début du printemps, Bjálfi prépara son bateau pour aller en Islande. Il y avait un homme qui s'appelait Sigurdr, un associé de Vésteinn, Norvégien par sa famille, qui était alors à l'ouest en Angleterre. Il envoya à Vésteinn un message, disant qu'il voulait rompre son association avec lui et qu'il estimait n'avoir plus besoin de son argent[40]. Vésteinn demande donc la permission d'aller le voir. « Tu vas me promettre, dit Gísli, de ne jamais repartir d'Islande, si tu y arrives sain et sauf, sans que je ne te le permette. » Vésteinn accepte. Un matin, Gísli se lève et va à la forge ; c'était le plus habile des hommes, adroit en toute chose. Il fabriqua une pièce de monnaie qui ne pesait pas moins d'une once[41], en souda les deux moitiés, y riva vingt clous, dix dans chaque moitié ; si on assemblait les deux parties, il semblait que la pièce fût d'un seul tenant, et pourtant on pouvait la casser en deux morceaux. Et l'on dit qu'il cassa la pièce en deux, en remit une moitié à Vésteinn et lui demanda de la conserver en signe de reconnaissance, « et s'il y va de la vie de l'un d'entre nous, il suffira que nous nous fassions parvenir cela. Et j'ai le pressentiment que nous aurons besoin de nous l'envoyer, même si nous ne nous rencontrons pas ». Vésteinn s'en va maintenant à l'ouest en Angleterre, et Gísli et Bjálfi vont en Norvège, puis pendant l'été, en Islande. Ils avaient acquis biens et honneurs ; chacun d'eux se sépara en bons termes de son associé et Bjálfi racheta à Gísli la moitié de son bateau. Gísli s'en va à l'ouest dans le Dýrafjördr sur un bateau marchand, avec onze hommes.

CHAPITRE IX

Maintenant, Thorgrímr et Thorkell préparent leur bateau d'autre part et reviennent ici à Haukadalsárós dans le Dýrafjördr, le jour même où Gísli venait de faire voile vers l'intérieur du fjord avec le bateau marchand. Ils se retrouvent bientôt, il y a là joyeuse rencontre, puis de part et d'autre, on retourne à ses propriétés. Thorgrímr et Thorkell avaient, eux aussi, fait de bonnes affaires. Thorkell aimait le faste et ne faisait rien à la ferme, mais Gísli travaillait nuit et jour. Un jour qu'il faisait beau, Gísli fit travailler tout le monde aux foins, excepté Thorkell. Il était le seul homme qui fût resté à la ferme et il s'était étendu dans la salle après son déjeuner. La salle faisant cent toises de long sur dix de large et en bas de la salle, du côté du fjord vers le nord, se trouvait la chambre d'Audr et d'Ásgerdr, et elles y étaient, en train de coudre[42]. Et quand Thorkell se réveille, il va jusqu'à la chambre des femmes, parce qu'il y entendait un bruit de conversation, et s'allonge à côté. Alors, Ásgerdr prend la parole : « Sois bonne, Audr, et taille-moi une chemise pour Thorkell, mon mari. — Je ne sais pas le faire mieux que toi, dit Audr, et tu ne me demanderais pas ça si tu taillais une chemise pour Vésteinn, mon frère[43]. — Ça, c'est autre chose, dit Ásgerdr, et c'est ce que je pense parfois. — Il y a long-temps que je le savais, dit Audr, et n'en parlons plus. — Il n'y a pas de quoi me blâmer, dit Ásgerdr, si j'ai un penchant pour Vésteinn. D'ailleurs, on m'a dit que toi et Thorgrímr vous vous voyiez fort souvent avant que tu ne sois ma-riée à Gísli[44]. — Il ne s'y attache aucun blâme, dit Audr, car je n'ai trompé Gísli avec personne et il n'en est résulté nulle honte ; et il faut cesser cette conversation maintenant. » Mais Thorkell a entendu chacun des mots qu'elles ont dit, et, quand elles arrêtent, il prend la parole :

3.   *Oyez grande merveille,*
      Oyez meurtre d'homme,
      Oyez grande cause,
      Oyez condamnation à mort de l'homme,
      d'un homme, ou de plusieurs.

Et il entre après cela. Alors Audr prend la parole : « Souvent mal advient des bavardages de femmes, et il se pourrait bien que, dans le cas présent, il en résulte les pires choses : prenons conseil entre nous. — J'ai une idée, dit Ásgerdr, sur ce qu'il conviendrait de faire, mais elle ne te concerne pas. — Quelle est-elle ? dit Audr. — Je mettrai mes bras autour du cou de Thorkell, quand nous irons au lit, et il me pardonnera et dira que ce sont des mensonges. — Cela ne suffira pas à prévenir les conséquences néfastes de notre conversation, dit Audr. Quel expédient prendras-tu ? dit Ásgerdr. — Je dirai à Gísli, mon mari, tout ce qu'il m'est difficile de dire ou de résoudre. » Le soir, Gísli rentre du travail. Ordinairement, Thorkell avait l'habitude de remercier son frère pour son travail, et voilà qu'il est silencieux et ne pipe mot. Gísli demande donc s'il a des ennuis. « Je ne suis pas malade, dit Thorkell, et pourtant, c'est pire qu'une maladie. — Est-ce que j'ai fait

quelque chose, dit Gísli, qui t'ait blessé ? —
Aucunement, dit Thorkell, mais tu seras mis au
courant de la chose, quand bien même ce serait
plus tard. » Chacun d'eux va son chemin, et l'on
ne conversa pas davantage pour cette fois. Le soir,
Thorkell mange peu et va se coucher le premier.
Et quand il se fut couché, Ásgerdr arrive, se dés-
habille et veut se mettre au lit. Alors, Thorkell
prit la parole : « Je ne désire pas que tu couches ici
cette nuit, ni jamais plus. » Ásgerdr dit : « Pourquoi as-tu changé si vite, et quelle est la raison de
tout cela ? » Thorkell dit : « Nous en savons tous
les deux la cause, bien que je l'aie longtemps tenue
cachée, et si je parlais plus ouvertement, ton
honneur n'en serait pas accru. » Elle répond : « Il
faut que tu aies réfléchi à cela, et je ne me battrai
pas longtemps avec toi pour entrer dans ton lit ;
et tu vas choisir entre deux choses. La première,
c'est que tu m'accueilleras et feras comme si rien
ne s'était passé. Ou bien, je prendrai des témoins
sur l'heure et me déclarerai séparée de toi, et je
ferai réclamer par mon père ma dot et mon
douaire[45], et dans ce cas-là, tu ne manqueras
jamais de place dans ton lit à cause de moi
désormais[46]. » Thorkell se tut, puis dit : « Ce que
je dis, c'est que tu fasses ce qu'il te plaît, mais je
ne t'interdis pas de venir dans mon lit pour cette
nuit. » Elle fit rapidement connaître ce qui lui

paraissait le mieux, et alla aussitôt dans son lit. Il n'y avait pas longtemps qu'ils étaient couchés ensemble, qu'ils avaient arrangé cela entre eux comme si rien ne s'était passé. Audr va maintenant dormir près de Gísli et lui dit sa conversation avec Ásgerdr, lui demande pardon et le prie de prendre une bonne décision, s'il se peut : « Je ne vois pas ici, dit-il, de conseil qui soit de quelque secours. Mais toutefois je ne te blâmerai pas car chacun doit dire les paroles qui lui sont assignées par le destin et ce que le sort a fixé devra se produire. »

CHAPITRE X

Une année se passe, et on en arrive aux jours de déménagement[47]. Alors, Thorkell demande à Gísli, son frère, de venir parler avec lui et dit : « Il se fait parent, dit-il, que je me suis mis dans l'idée et dans l'esprit de changer un peu de vie ; et les choses ont évolué de telle façon que je voudrais que nous répartissions notre bien, et que j'aille partager la propriété de Thorgrímr, mon beau-frère. » Gísli répond : « C'est quand elle est d'un seul tenant que la propriété de deux frères est la plus belle à voir et à contempler ; en vérité, je suis reconnaissant que tout soit tranquille, et ne nous séparons pas. — Cela ne peut plus durer, dit Thorkell, que nous possédions ensemble la propriété, car il adviendrait grande honte de ce que tu aies toujours eu tout seul travail et peine alors que je n'y ai aucunement pris de part qui soit de nature à la faire prospérer. — N'en parle donc pas, dit Gísli, tant que je n'en dis rien. Et nous venons d'éprouver l'un et l'autre que nous avons été en bons termes comme en froid. » Thorkell dit : « Il ne sert à rien d'en discuter : il faut répartir nos biens, et parce que c'est moi qui demande le partage, tu auras la maison et notre patrimoine, et moi, j'aurai les biens meubles. — S'il n'y a rien d'autre à faire que de partager, fais donc ce que tu veux car je ne me soucie pas de ce que je ferai : partager ou choisir. » Pour finir, ce fut Gísli qui conserva les terres, et Thorkell choisit les biens meubles. Ils se répartirent également les personnes à charge[48] ; il s'agissait de deux enfants ; le garçon s'appelait Geirmundr, et la fille, Gudrídr ; celle-ci resta chez Gísli, mais Geirmundr alla chez Thorkell. Thorkell va chez Thorgrímr, son beau-frère, et habite avec lui ; et Gísli reprit la demeure et n'épargna rien pour qu'elle ne fût pas pire qu'avant. L'été se passe ainsi et l'on en arrive aux nuits d'hiver[49]. C'était la coutume de beaucoup de gens de fêter l'hiver à cette époque-là, et

de faire des banquets et des sacrifices pour les
nuits d'hiver ; mais Gísli avait abandonné les
sacrifices depuis qu'il était allé à Vébjörg en
Danemark ; toutefois il maintenait les banquets
comme auparavant, et toutes les magnificences[50].
À présent, il prépara un grand banquet quand vint
l'époque qui vient d'être mentionnée. Il y invita
les deux homonymes, Thorkell Eiríksson et Thorkell le Riche, et les fils de Bjartmarr, ses parents
par alliance, et beaucoup d'autres amis et camarades. Et le jour où les hommes arrivaient, Audr
prit la parole : « Il faut bien dire qu'il me manque ici un homme, dont je voudrais qu'il fût ici.
— Quel est celui-là ? », dit Gísli. « C'est Vésteinn,
mon frère ; j'aurais bien voulu qu'il fût là pour se
réjouir avec nous. » Gísli dit : « Je vois ça autrement, car je donnerais beaucoup pour qu'il ne
vînt pas ici maintenant ». Et leur conversation
s'arrêta là.

CHAPITRE XI

Il y avait un homme qui s'appelait Thorgrímr
et était surnommé le Nez. Il habitait à Nefsstadir, vers l'intérieur de la Haukadalsá. Il était
plein de maléfices et de magie noire, et il était

sorcier comme on ne pouvait l'être davantage[51].
Thorgrímr et Thorkell l'invitèrent chez eux,
parce qu'ils donnaient également une fête. Thorgrímr était habile à travailler le fer, et l'on raconte
que les deux, Thorgrímr et Thorkell, allèrent à la
forge, et en refermèrent les portes derrière eux.
Alors, ils prennent les morceaux de Grásida, qui
avait été attribuée à Thorkell lors du partage
entre les frères, et Thorgrímr en fait une lance, et
cela fut terminé pour le soir ; on y avait fait des
incrustations sur le manche, sur la longueur d'une
empaumure[52]. Alors, ils allèrent se coucher.

On dit qu'Önundr du Medaldalr vint à l'invitation de Gísli, et le prit à part, et lui dit que
Vésteinn était revenu en Islande, « et il est attendu
ici ». Gísli réagit promptement, appelle Hallvardr
et Hávardr, ses domestiques, et leur ordonne
d'aller au nord dans l'Önundarfjördr, à la rencontre de Vésteinn « et portez-lui mes salutations,
et ajoutez qu'il reste chez lui jusqu'à ce que j'aille
lui rendre visite, et qu'il ne vienne pas à l'invitation à Haukadalr » et il leur remet une bourse
qui contenait la moitié de la pièce de monnaie,
en signe de reconnaissance s'il ne les croyait pas.
Puis ils s'en vont, prennent un bateau de Haukadalr, rament jusqu'à Laekjaróss, descendent à
terre à cet endroit-là, et vont chez le bóndi qui
habitait à Bersastadir ; il s'appelait Bersi. Ils lui

transmettent le message de Gísli : qu'il leur remette deux chevaux qui lui appartenaient — ils s'appelaient Bandvettir[53] — et qui étaient les plus rapides des fjords[54]. Il leur prête les chevaux, et ils chevauchent jusqu'à ce qu'ils arrivent à Mosvellir, et de là à l'intérieur du pays, à Hestr. Or, Vésteinn part de chez lui, et il se fait qu'il prend par la route du bas, près de Mosvellir, alors que les frères chevauchent par la route du haut. Et ils se croisent sans se voir.

CHAPITRE XII

Il y avait un homme qui s'appelait Thorvardr, qui habitait à Holt. Ses domestiques se querellèrent à propos de travail, ils se battirent avec des faux, et il y eut des blessés de part et d'autre. Vésteinn survient, les réconcilie et fait tant que, de part et d'autre, les gens sont satisfaits. Il chevauche maintenant vers la côte jusqu'au Dýrafjördr avec deux Norvégiens. Et quand Hallvadr et Hávardr arrivent à Hestr, ils apprennent la vérité sur le voyage de Vésteinn et rebroussent chemin le plus vite qu'ils le peuvent. Quand ils arrivent à Mosvellir, ils voient un groupe d'hommes à cheval au milieu de la vallée, mais une colline les cache alors à leur vue ; ils vont dans le Bjarnardalr et arrivent à Arnkelsbrekka ; là, les deux chevaux tombent d'épuisement. Alors, ils se mettent à courir, et appellent. Vésteinn et ses compagnons les entendent — ils étaient arrivés à Gemlufallsheidr —, ils les attendent. [Hallvardr et Hávardr] les rejoignent, transmettent leur message, exhibent la pièce de monnaie que Gísli a envoyée à Vésteinn. Celui-ci sort alors l'autre moitié de la pièce de son escarcelle, et son visage rougit très fort. « Vous avez dit la vérité, dit-il, et j'aurais rebroussé chemin si vous m'aviez retrouvé plus tôt, mais à présent, toutes les eaux vont vers le Dýrafjördr[55], et il faut que j'y aille. Et d'ailleurs j'en ai bien envie. Les Norvégiens devraient rebrousser chemin. Et vous, prenez le bateau, et dites à Gísli et à ma sœur que j'arrive. » Ils reviennent à la maison et préviennent Gísli. Il répond : « Il en sera donc ainsi. » Vésteinn s'en va à Gemlufall, chez Lúta une parente à lui, et elle le fait transporter de l'autre côté du fjord, et lui dit : « Vésteinn, prends garde à toi ; tu vas en avoir besoin. » On le transporte jusqu'à Thingeyrr ; demeurait là cet homme qui s'appelait Thorvaldr Gneisti ; Vésteinn va jusqu'aux maisons et Thorvaldr lui laisse prendre un cheval. À présent, il chevauche tout tintinnabulant[56], avec ses propres harnais. Thorvaldr l'accompagne jusqu'à

Sandaóss et offre de l'accompagner jusque chez Gísli. Il dit qu'il n'en a pas besoin. « Beaucoup de choses ont changé dans le Haukadalr, dit-il, et prends garde à toi. » Maintenant, ils se quittent. Vésteinn chevauche jusqu'à ce qu'il arrive dans le Haukadalr, et c'était par un temps très lumineux, au clair de lune. Et chez Thorgrímr et Thorkell, Geirmundr et une femme qui s'appelait Rannveig étaient en train de rentrer le bétail ; elle, rentrait le bétail dans les étables, et lui, le chassait vers elle. Alors, Vésteinn traverse les champs et Geirmundr le rejoint. Geirmundr dit : « Ne viens pas ici, à Saebόl, va chez Gísli et prends garde à toi. » Rannveig venait de sortir de l'étable ; elle regarde l'homme et pense le reconnaître ; et quand le bétail est rentré, ils discutent sur l'identité de l'homme et reviennent ainsi à la maison. Thorgrímr et les autres étaient assis près du feu, et Thorgrímr demande s'ils ont vu quelqu'un, ou s'il y a autre chose, ou de quoi ils discutent. « J'ai cru que c'était Vésteinn qui était venu ici, dit Rannveig, il était en manteau bleu, il avait une lance à la main et il chevauchait dans un grand bruit de clochettes. — Et que dis-tu, Geirmundr ? — Je n'ai pas bien vu ; mais je crois que c'était un domestique d'Önundr du Medaldalr ; il avait le manteau de Gísli, les harnais et la selle d'Önundr, et il avait à la main un harpon

37

de pêcheur avec des barbes vers le haut. — Il faut qu'il y ait l'un ou l'autre de vous deux qui mente, dit Thorgrímr ; Rannveig, va-t'en à Hóll et vois ce qui s'y passe. » Elle va donc, arrive aux portes au moment où les hommes étaient arrivés au banquet. Gísli était aux portes, la salua et l'invita à entrer. Elle dit qu'il fallait qu'elle aille à la maison, « je voulais voir Gudrídr ». Gísli l'appelle et il n'y avait rien à lui dire. « Où est Audr, ta femme ? » dit-elle. « La voici », dit Gísli. Elle sort et demande ce qu'elle veut. Elle dit qu'il ne s'agit que de petites choses, et il s'avère qu'elle n'a rien à dire. Gísli lui demande de faire de deux choses l'une, ou bien de rester ici, ou bien d'aller chez elle. Elle va à la maison, encore un peu plus sotte qu'avant si c'était possible, n'ayant aucune nouvelle à dire. Le lendemain matin, Vésteinn fit apporter deux coffres qui contenaient ses marchandises, et que les frères, Hallvardr et Hávardr, avaient transportés. Il en sortit une tapisserie de soixante toises de long[57], une coiffe de vingt aunes de long tissée d'or brillant sur trois rangs[58], et trois bassines dorées. Il prit ces choses, et les donna à sa sœur, à Gísli et à Thorkell, ses frères jurés, si ce dernier voulait bien accepter. Gísli alla avec les deux Thorkell chez son frère Thorkell à Saeból. Il dit que Vésteinn était arrivé et qu'il leur avait fait à tous les deux des cadeaux, et les lui montra, et le pria d'en prendre ce qu'il voulait. Thorkell répond : « Tu mérites de posséder tout, et je ne veux pas accepter les cadeaux ; c'est ainsi que les récompenses sont le mieux attribuées. » Et certes, il ne veut pas accepter. Alors, Gísli s'en va chez lui, et il lui semble que toutes choses tournent de la même façon.

CHAPITRE XIII

Or, voici qu'il y eut une étrange nouveauté à Hóll : Gísli dormit très mal deux nuits de suite, et on lui demanda de quoi il avait rêvé[59]. Il ne voulut pas dire ses rêves. Arrive la troisième nuit. Les gens vont se coucher. Et quand ils étaient endormis, survint sur la demeure une rafale de vent, si forte qu'elle emporta toute la toiture d'un côté de la maison. Là-dessus, la pluie tomba du ciel si abondante qu'on n'avait jamais vu cela et les maisons prirent la pluie, comme il fallait s'y attendre, puisque le toit était arraché[60]. Gísli se leva en hâte et appela ses hommes pour qu'ils aillent chercher du foin afin de boucher le toit. Il y avait un esclave chez Gísli, qui s'appelait Thórdr et était surnommé le Couard. L'esclave resta à la maison, mais Gísli, et presque tous les hommes avec lui, s'en alla chercher du foin pour être à l'abri. Vésteinn offrit d'aller avec eux, mais Gísli ne voulut pas. Et au moment où les maisons prenaient le plus la pluie, Vésteinn et Audr transportèrent leurs lits à l'autre bout de la pièce[61] ; toutes les autres personnes avaient quitté la maison, hormis ces deux-là. Or, avant l'aube, voilà qu'on pénètre silencieusement dans la pièce, et qu'on se dirige vers l'endroit où repose Vésteinn. Il était éveillé. Il ne s'aperçoit de rien avant d'être frappé d'un coup de lance, de telle sorte qu'il en est transpercé. Et quand Vésteinn reçut le coup, il dit : « Touché. » Et juste après, un homme sortit de la maison. Vésteinn voulut se lever. Dans cet effort, il tomba mort au bas du mur. Audr s'éveille, appelle Thórdr le Couard et lui demande de retirer l'arme de la blessure. On disait alors que celui qui retirait l'arme de la blessure était tenu de la venger. Quand on laissait l'arme dans la blessure, on appelait cela un meurtre caché, mais pas un assassinat honteux. Thórdr avait si peur des cadavres qu'il n'eut pas le courage de s'approcher. Gísli entra alors, vit ce qui s'était passé et pria Thórdr de se tenir tranquille. Il retira lui-même la lance de la blessure, la jeta tout ensanglantée dans un coffre, ne permit à personne de la regarder et s'assit sur le coffre. Puis il fit ensevelir le cadavre de Vésteinn selon les coutumes de ce temps-là[62].

Vésteinn fut bien regretté et de Gísli et des autres hommes. Alors, Gísli dit à Gudrídr, sa fille adoptive : « Tu vas aller à Saeból pour savoir ce que les gens y font ; je t'y envoie parce que je te crois la plus capable de cela comme d'autre chose, et que tu sauras me dire ce que les gens y font. » Elle s'en va et arrive à Saeból. Tout le monde était debout, et les deux Thorgrímr ainsi que Thorkell étaient assis, en armes. Quand elle entra, on la salua sans empressement, car les gens étaient taciturnes, pour la plupart. Toutefois, Thorgrímr lui demande les nouvelles. Elle dit le meurtre de Vésteinn. Thorkell répond : « Voilà une nouvelle que nous aurions apprise un jour ou l'autre. — Nous sommes tous dans l'obligation, dit Thorgrímr, de faire honneur à l'homme qui vient de mourir, de lui faire un enterrement des plus convenables, et de l'inhumer dans un tertre ; et il est vrai de dire que c'est là une grande perte ; tu peux dire également à Gísli que nous viendrons aujourd'hui. » Elle retourne à la maison et dit à Gísli que Thorgrímr était casqué, avait son épée et tout son armement, que Thorgrímr le Nez avait une hache de guerre[63] à la main, et que Thorkell avait une épée dégainée sur la largeur d'une main, « tous les hommes qui étaient là étaient levés, quelques-uns en armes. — Il fallait s'y attendre », dit Gísli.

CHAPITRE XIV

Gísli se prépare maintenant à enterrer Vésteinn, avec tous les gens de sa maison, dans les buttes de sable qui font face au Seftjörn, en bas de Sae-ból. Et quand Gísli se fut mis en route, Thorgrímr et les siens vont faire le tumulus avec beaucoup d'hommes. Et quand ils ont fait les funérailles selon la coutume du temps, Thorgrímr va trouver Gísli et dit : « C'est la coutume, d'attacher les chaussures de Hel aux hommes qui devraient aller à la Valhöll, et je le ferai pour Vésteinn[64]. » Et quand il l'eut fait, il dit : « Je ne sais pas attacher des chaussures de Hel, si celles-ci se détachent. » Après cela, ils s'assoient à l'extérieur du tertre, conversent, et disent qu'il est très improbable que quelqu'un sache qui a commis cette vilenie. Thorkell demanda à Gísli : « Comment Audr prend-elle la mort de son frère ? Est-ce qu'elle pleure beaucoup ? — Tu devrais bien le savoir, dit Gísli ; elle réagit peu mais pense beaucoup. J'ai fait un rêve, dit Gísli, la nuit dernière et cette nuit aussi, et bien que je ne veuille pas proclamer qui a fait le meurtre, mes rêves m'incitent à savoir qui c'est. J'ai rêvé, la nuit dernière, qu'une vipère sortait en serpentant d'une ferme, et mordait Vésteinn à mort. Et la nuit suivante, j'ai rêvé qu'un loup sortait en courant de la même ferme et mordait Vésteinn à mort. Et je n'ai dit mes rêves à personne avant maintenant, parce que je ne voulais pas qu'ils se réalisent. » Et alors, il déclama cette vísa :

5. *Je me souviens des jours en fleurs*
    — Je ne voulais pas m'éveiller une troisième fois
    Au terme de si mauvais rêves —
    Quand Vésteinn et moi
    Rendus tout joyeux par la bière,
    Étions assis
    Dans la halle de Sigrhaddr.
    Nul alors n'aurait pu trouver place
    Pour s'asseoir entre nous.

Thorkell demanda alors : « Comment Audr prend-elle la mort de son frère ; est-ce qu'elle pleure beaucoup ? — Tu demandes souvent cela, parent, dit Gísli, et tu es bien curieux de le savoir. » Gísli déclama une vísa :

6. *Sous son voile de lin,*
    La femme cache ses larmes.
    De ses yeux, à l'excès,
    Ruissellent les larmes
    Et puis ses beaux yeux
    Sont tout humides

Des larmes de chagrin
Qu'elle verse pour son frère.

Et il déclama encore :

7.   *Le chagrin fait couler*
        Un flot de larmes
        Des yeux de la femme
        Jusqu'à son sein.
        Larmes amères
        Elle verse.
        Et cherche à oublier
        Auprès de moi.

Après cela, les deux frères s'en vont ensemble à la maison. Alors, Thorkell dit : « De grands événements ont eu lieu ici, et ils doivent t'être plus pénibles qu'à nous ; néanmoins, chacun doit s'occuper de soi d'abord[65]. Je voudrais que tu ne te laisses pas affecter de cela au point que les gens en aient des soupçons ; je voudrais que nous reprenions les jeux[66] et que tout aille aussi bien entre nous qu'au moment de notre meilleure entente. — C'est bien parlé, dit Gísli, et j'accepte volontiers mais à la condition toutefois que, s'il t'arrivait dans ta vie quelque chose d'aussi important pour toi que celle-ci me paraît à moi, tu me promettes d'agir comme tu me pries de le faire maintenant. » Thorkell accepte. Puis ils vont à la maison, et font le repas de funérailles de Vésteinn[67].

44

Et quand c'est fait, chacun s'en va dans son foyer,
et tout est tranquille maintenant.

CHAPITRE XV

Les jeux reprirent donc comme si rien ne s'était
passé. Les beaux-frères, Gísli et Thorgrímr,
jouaient ensemble le plus souvent, et les gens
n'étaient pas d'accord sur celui des deux qui était
le plus fort, quoique la plupart considéraient que
c'était Gísli. Ils jouaient à la balle sur le lac qui
s'appelle Seftjörn[68] ; il y avait là toujours beaucoup de monde. Un jour que la plupart des
joueurs étaient venus, Gísli demanda de répartir
le jeu en deux camps égaux. « Certes, nous le vou-
lons bien, dit Thorkell, et d'ailleurs, nous voudrions que tu ne te ménages pas vis-à-vis de
Thorgrímr, parce que le bruit a couru que tu
l'épargnais. Et si tu es le plus fort, j'aimerais beaucoup que tu en reçoives le plus d'honneur. —
Nous n'avons pas encore éprouvé cela jusqu'à
maintenant, dit Gísli, et pourtant il pourrait se
faire que nous en venions au point de le prouver. »
Les voilà qui jouent. Thorgrímr n'est pas de force,
Gísli le fait tomber et la balle sort du terrain.
Alors Gísli veut prendre la balle, mais Thorgrímr

le retient et ne le laisse pas en approcher. Alors, Gísli fait tomber Thorgrímr si rudement qu'il ne peut résister, que la peau de ses jointures en est arrachée et que le sang lui coule du nez. Il en a la chair des genoux arrachée. Thorgrímr se remet lentement debout. Il regarde le tertre de Vésteinn et dit :

8.   *La lance a craqué dans les blessures*
         De l'homme ; voilà qui me plaît.

Gísli prend la balle à la course, et la lance entre les épaules de Thorgrímr, en sorte qu'il en tombe sur la face, et dit :

9.   *La balle a sonné sur les épaules*
         De l'homme. Voilà qui me plaît.

Thorkell se lève d'un bond et dit : « On voit à présent qui est le plus fort et le plus accompli, et cessons maintenant. » Et c'est ce qu'ils font. Les jeux cessent, l'été se passe, et les rapports entre Gísli et Thorgrímr se refroidissent plutôt. Thorgrímr voulait faire une invitation d'automne pour les nuits d'hiver, afin de célébrer l'hiver et d'offrir des sacrifices à Freyr, et il y invite Börkr, son frère, Eyjólfr Thórdarson[69] et maints autres importants personnages. Gísli prépare également un banquet et invite chez lui ses parents par alliance de l'Arnarfjördr, et les deux Thorkell, et il n'y a pas moins de soixante hommes chez lui. Chez l'un comme chez l'autre, il devait y avoir un banquet, et l'on joncha le plancher de Saeból de joncs du Seftjörn. Quand Thorgrímr et les siens faisaient leurs préparatifs et qu'il fallut tapisser les murs de la maison — les invités étaient attendus pour le soir —, Thorgrímr dit à Thorkell : « Les belles tapisseries que Vésteinn voulait te donner nous conviendraient bien maintenant ; j'aimerais assez savoir si tu les auras pour de bon ou si tu ne les auras jamais, et je voudrais que tu les fasses chercher. » Thorkell répond : « Celui-là peut tout, qui sait se modérer, et je n'enverrai pas les chercher. — Je le ferai donc », dit Thorgrímr et il ordonna à Geirmundr d'y aller. Geirmundr répond : « J'ai du travail, et ça ne me plaît pas d'y aller. » Thorgrímr va vers lui et lui donne une grande gifle et dit : « Comme ça, ça te plaira davantage. Vas-y maintenant. — J'irai, dit-il, quoique ça me plaise encore moins. Et sache en vérité que je chercherai à te rendre pouliche pour poulain, et que je te paierai bon compte. » Puis il y va. Et quand il arrive [à Holl], Gísli et Audr sont sur le point de déplier les tapisseries. Geirmundr transmet sa commission et raconte ce qui s'est passé. « Audr, est-ce que tu veux prêter les tapisseries ? » dit Gísli. « Ne demande pas cela, comme si tu ne savais pas que je voudrais que cela ne leur fît ni bien ni chose qui pût augmenter leur honneur. — Que voulait Thorkell, mon frère ? » dit

47

Gísli. « Il lui a semblé bon que j'aille les chercher. — Cela seul suffira » dit Gísli, et il l'accompagna et lui remit les tapisseries. Gísli alla avec lui jusqu'à l'enclos et dit : « À présent, je pense que, grâce à moi, tu as bien fait ta commission, et je voudrais que tu sois complaisant envers moi pour ce qui m'importe et me rendes service pour service. Je voudrais que tu ôtes les trois loquets des portes ce soir ; tu pourras aussi te rappeler comment on t'a prié de faire ta commission [tout à l'heure]. » Geirmundr répond : « Thorkell, ton frère, court-il aucun risque ? — Absolument aucun », dit Gísli. « Alors, ça ira », dit Geirmundr. Et quand il arrive à la maison, il jette à terre les tapisseries[70]. Thorkell dit alors : « Gísli est vraiment plus patient que les autres hommes, et il se conduit mieux que nous. — Nous avons besoin de cela maintenant », dit Thorgrímr, et il déplie les tapisseries. Puis, le soir, les invités arrivent. Le temps s'assombrit ; le soir, la neige se met à tomber et recouvre toutes les pentes.

CHAPITRE XVI

Börkr et Eyjólfr arrivèrent le soir avec soixante hommes. Il y avait là cent vingt hommes, et soixante chez Gísli. Les hommes commencèrent à boire le soir, puis allèrent se coucher et s'endormirent. Gísli dit à Audr, sa femme : « Je n'ai pas donné à manger aux chevaux de Thorkell le Riche ; viens avec moi, referme le verrou du portail et reste éveillée, pendant que je suis parti. Et ouvre le verrou quand je reviendrai. » Il sort la lance Grásída du coffre, il a un manteau bleu, une tunique et des braies de lin. Ensuite, il va jusqu'au ruisseau qui coule entre les fermes et où l'on va chercher de l'eau potable pour l'une et l'autre ferme. Il suit le chemin jusqu'au ruisseau, marche dans l'eau jusqu'à l'autre chemin qui conduit à Saeból. Gísli connaissait la disposition des lieux, à Saeból, puisque c'est lui qui avait construit la ferme. On pouvait y entrer en passant par l'étable. C'est par là qu'il prend. Il y avait là trente vaches de chaque côté. Il attache ensemble les queues des bêtes, puis referme l'étable et fait si bien qu'on ne puisse pas l'ouvrir, même de l'intérieur. Puis il va jusqu'à la maison où se trouvent les hommes ; Geirmundr avait fait le travail qu'on lui avait confié, puisque les loquets n'étaient pas fermés. Il pénètre à présent, et referme le portail comme il l'avait été [avant que Geirmundr n'ouvre les loquets]. Il va très lentement maintenant. Il se tient immobile et écoute si quelqu'un est éveillé, et il s'assure que tout le monde dort. Il y avait trois lumières dans la skáli[71]. Il ramasse du jonc sur le plancher, le tresse, puis le jette sur

49

une des lumières et l'éteint. Ensuite, il se tient immobile et regarde si quelqu'un se réveille : il voit que non. Alors, il prend une autre poignée de jonc, la jette dans la lumière la plus proche, et l'éteint. Alors il s'aperçoit que tout le monde ne doit pas dormir, parce qu'il voit une main de jeune homme atteindre la troisième lumière, descendre la lampe plate et éteindre. Maintenant, il pénètre plus avant dans la salle et va jusqu'au lit clos[72] où étaient couchés sa sœur et Thorgrímr : les portes en étaient fermées, mais pas verrouillées, et tous les deux sont dans le lit. Il va jusque-là, tâtonne et saisit la poitrine [de sa sœur] : elle était couchée près de la poutre du bord du lit. Alors, Thórdís dit : « Pourquoi ta main est-elle si froide, Thorgrímr ? » et il se réveille. Thorgrímr dit : « Veux-tu que je me retourne vers toi ? » Elle pensait qu'il avait étendu la main sur elle. Alors, Gísli attend encore un moment et réchauffe ses mains dans sa chemise ; [Thórdís et Thorgrímr] se rendorment. Puis, il touche doucement Thorgrímr, en sorte qu'il s'éveille. Il pense que c'est Thórdís qui l'a réveillé et se retourne vers elle. D'une main, Gísli les découvre alors, et de l'autre, il transperce Thorgrímr avec Grásída de telle sorte que la lance s'enfonce dans le lit. Alors, Thórdís appelle : « Vous qui êtes dans la skáli, réveillez-vous. Thorgrímr, mon mari, a été assassiné. » Gísli s'enfuit en grande hâte jusqu'à l'étable, sort par là comme il en avait eu l'intention, referme solidement derrière lui, revient chez lui par le même chemin, et l'on ne peut nulle part voir ses traces[73]. Quand il arrive chez lui, Audr lève le loquet. Il va se coucher et fait comme si rien ne s'était passé ou comme s'il n'avait pris part à rien. Et tout le monde, à Saeból, était ivre, et nul ne savait quel parti prendre. Ils avaient été pris tout à fait au dépourvu, et pour cette raison, ils n'agirent pas comme il aurait été nécessaire ou convenable.

CHAPITRE XVII

Eyjólfr dit : « Voici de grands événements, et mauvais, et tous ceux qui sont ici sont inconscients. Il me semble qu'il faudrait allumer les lumières et courir aux portes, afin que le bandit ne puisse s'échapper. » C'est ce qui fut fait. Comme nul homme ne voyait le criminel, ils pensèrent que celui qui avait accompli le crime devait se trouver quelque part à l'intérieur. Le temps passe jusqu'au jour. On prend alors le cadavre de Thorgrímr, on enlève la lance, et on le prépare pour l'ensevelir : il y a là soixante hommes, ils vont à Hóll chez Gísli. Thórdr le

Couard était dehors, et quand il voit la troupe, il court à l'intérieur et dit qu'il y a une armée d'hommes qui vient vers la ferme, avec grande impétuosité. « C'est bien ainsi », dit Gísli, et il chanta une vísa :

10.   *Je ne crains pas ce qu'on dira.*
            J'ai l'habitude du meurtre.
            Ici, tout est en émoi,
            Mais pour nous,
            Nous nous tiendrons tranquilles,
            Bien que l'homme
            Ait été abattu.

Thorkell et Eyjólfr arrivent à la ferme. Ils vont jusqu'au lit clos où Gísli et sa femme étaient couchés, et Thorkell, le frère de Gísli, monte sur la banquette du lit clos et voit que les chaussures de Gísli sont gelées et toutes pleines de neige. Il les repousse sous le plancher de telle sorte que les autres ne les voient pas. Gísli leur souhaite la bienvenue et leur demande les nouvelles. Thorkell dit qu'elles sont à la fois importantes et mauvaises, et demande que faire, ou quelle décision prendre. « Il n'y a pas long chemin entre les mauvaises actions et les grandes, dit Gísli ; nous nous offrons à inhumer Thorgrímr ; c'est une chose que vous êtes en droit d'attendre de nous, et il convient que nous fassions cela avec honneur. » Ils acceptent, et ils vont tous ensemble à Saeból faire un tumulus et étendre Thorgrímr dans un bateau. Ils élèvent un tumulus selon l'ancienne mode. Et quand on est sur le point de fermer le tertre, Gísli s'en va jusqu'à l'embouchure du ruisseau et ramasse une pierre, aussi grosse qu'un rocher, et la place dans le bateau en sorte que chaque poutre parut sur le point de céder et qu'il y eut de grands craquements dans le bateau, puis il dit : « Je ne sais pas amarrer un bateau si celui-ci cède à la tempête[74]. » Il y eut quelques hommes pour dire que cette conduite ne leur paraissait pas bien différente de celle de Thorgrímr envers Vésteinn quand il avait parlé des chaussures de Hel. Maintenant, ils se préparent à quitter le tertre et à rentrer chez eux. Alors, Gísli dit à Thorkell, son frère : « Je crois que tu attends de moi, frère, que notre amitié soit à présent telle qu'elle était quand tout allait pour le mieux, et reprenons les jeux maintenant. » Cela plaît bien à Thorkell. Ils s'en vont chez eux de part et d'autre. Gísli a beaucoup d'hommes chez lui ; l'invitation se termine, et Gísli fait de beaux présents à ses invités.

CHAPITRE XVIII

On fait le banquet de funérailles de Thorgrímr, et Börkr fait à beaucoup de gens des cadeaux d'amitié. Ce qui se passe ensuite, c'est que Börkr paie Thorgrímr le Nez pour que celui-ci fasse un sejdr[75] sur l'homme qui a tué Thorgrímr, afin que celui-ci ne s'en tire pas sain et sauf, même s'il y a des gens qui veulent l'aider. On lui donna un bœuf vieux de neuf hivers pour cela. Thorgrímr exécute le sejdr, fait ses préparatifs selon son habitude, se fabrique un échafaudage et se livre à ces sorcelleries avec tous les maléfices et toutes les diableries[76]. Il se passa également ceci, que l'on regarda comme une nouveauté, que la neige ne tint jamais sur le tertre de Thorgrímr, ni du côté du fjord, ni du côté sud, et qu'il n'y gela jamais. Et les gens dirent que Thorgrímr était devenu si intime avec Freyr que celui-ci ne voulait pas qu'il gelât entre eux. Cela se poursuivit pendant l'hiver, les frères reprirent les jeux ensemble. Börkr vint habiter chez Thórdís et l'épousa. Quand cela se passa, elle était enceinte, et elle donna le jour à un garçon, que l'on aspergea d'eau et que l'on appela d'abord Thorgrímr, d'après son père. Et quand il grandit, il fut considéré comme ayant un caractère difficile et indiscipliné. On changea son nom et il fut appelé Snorri le Godi[77]. Börkr habita là ces années-là, et prit part aux jeux. Il y avait une femme qui se nommait Audbjörg, qui habitait au bout de la vallée, à Annmarkastadir. C'était la sœur de Thorgrímr le Nez. Elle avait épousé un bóndi qui s'appelait Thorkell et était surnommé le Trépassé. Le fils qu'elle avait s'appelait Thorsteinn ; c'était l'un des plus forts aux jeux avec Gísli. Gísli et Thorsteinn étaient toujours du même côté aux jeux, et Börkr et Thorkell dans l'autre camp. Un jour, il vint là quantité d'hommes pour voir les jeux, parce que nombreux étaient ceux qui voulaient les regarder et savoir qui était le plus fort et le plus grand joueur. Et il arriva là ce qui se passe en bien d'autres endroits, à savoir que le zèle est d'autant plus vif que le nombre des spectateurs est plus grand. On raconte que Börkr n'était pas de taille à lutter contre Thorsteinn ce jour-là, et que pour finir, Börkr se fâcha et mit en pièces la batte de Thorsteinn ; celui-ci le précipita au sol et le poussa sur la glace. Quand Gísli vit cela, il dit qu'il devait lutter de toutes ses forces contre Börkr, « et j'échangerai ta batte contre la mienne ». C'est ce qu'ils firent. Gísli s'assoit, répare la batte, se tourne vers le tertre de Thorgrímr ; le sol était couvert de neige, mais il y avait des femmes qui s'étaient assises au bord du talus, Thórdís, sa femme, et beaucoup d'autres. Gísli dit alors cette vísa, ce qu'il n'aurait jamais dû faire :

11.   *Un rameau je vis*
        Jaillissant du tertre
        Dégelé de Thorgrímr,
        L'homme auquel j'ai donné
        Le coup mortel.
        C'est moi qui ai tué Thorgrímr
        À cet homme avide
        De posséder la terre,
        J'ai donné de la terre.

Thórdís apprit aussitôt la vísa, alla chez elle et comprit ce que la vísa signifiait[78]. À présent, ils cessent les jeux. Thorsteinn va chez lui. Il y avait un homme qui s'appelait Thorgeirr et était surnommé Coq-de-Bruyère. Il habitait à Orrastadir. Il y avait un homme qui s'appelait Bergr et était surnommé « au court pied ». Il habitait à Skammfótarmýrr à l'est de la rivière. Et quand les gens s'en vont chez eux, Thorsteinn et Bergr discutent sur le jeu ; et pour finir, ils se disputent, car Bergr est pour Börkr, et Thorsteinn, contre, et Bergr assène à Thorsteinn un coup du talon de sa hache. Mais Thorgeirr s'interpose, Thorsteinn ne parvient pas à se venger et retourne chez sa mère, Audbjörg. Elle panse sa blessure, fort mécontente de ce qui lui est arrivé. La nuit, la vieille ne trouve pas le sommeil, tant elle se sent mal à l'aise. Au-dehors, le temps était froid, calme et serein. La voilà qui tourne plusieurs fois autour de la maison dans le sens contraire du soleil, renifle à toutes les aires du vent et dresse les narines[79]. Et à cause de son manège, le temps se met à changer ; il se fait une grande tempête de neige, suivie d'un dégel important, des trombes d'eau descendent des pentes, un glissement de terrain recouvre la ferme de Bergr, et douze hommes y trouvent la mort : les traces du glissement de terrain se voient encore aujourd'hui.

CHAPITRE XIX

Maintenant, Thorsteinn va voir Gísli ; celui-ci lui donne un abri. Puis il s'en va au sud dans le Borgarfjördr et de là s'embarque pour l'étranger[80]. Quand Börkr apprend cet accident maléfique, il monte à Annmarkastadir, fait saisir Audbjörg, s'en va avec elle vers la côte à Saltnes et la lapide à mort. Cela terminé, Gísli part de chez lui, arrive à Nefsstadir, fait prisonnier Thorgrímr le Nez, le transporte à Saltnes ; on lui met une peau [de veau[81]] sur la tête, on le lapide à mort et on l'enterre près de sa sœur, sur une crête entre le Haukadalr et le Medaldalr. Tout est tranquille à présent, et le printemps se passe. Börkr s'en va au sud à Thórsnes avec l'intention d'y déménager, considérant n'avoir retiré aucun honneur du voyage qu'il a fait à l'ouest, quand il a perdu un homme comme Thorgrímr, sans obtenir aucune compensation. Il prépare donc son voyage, met sa maison en ordre et entend faire un second voyage pour venir chercher sa femme et son bétail. Thorkell pense également se transporter là-bas[82] et se prépare à partir avec Börkr, son beau-frère. À ce propos on raconte que Thórdís Súrsdóttir, sœur de Gísli et femme de Börkr, fit un bout de chemin avec celui-ci. Alors, Börkr dit : « Maintenant je voudrais que tu me dises pourquoi tu étais si mécontente au début de l'automne, quand nous avons cessé les jeux ; tu m'as promis de me le dire avant que je ne quitte la maison. » Il se trouve que, lorsqu'ils parlent de cela, ils arrivent au tertre de Thorgrímr. Alors, elle s'arrête d'un seul coup et dit qu'elle n'ira pas plus loin ; elle dit aussi, alors, ce que Gísli a chanté quand il regardait le tertre de Thorgrímr, et elle lui répète la vísa. « Et je crois, dit-elle, que tu n'as pas besoin de chercher ailleurs qui a tué Thorgrímr, et qu'il faut intenter un procès en bonne et due forme contre lui. » Cela mit Börkr dans une colère furieuse, et il dit : « Je vais m'en re-

58

tourner sur-le-champ et tuer Gísli. Pourtant je ne sais pas, dit-il, quelle part[83] de vérité contient ce que dit Thórdís, et du reste il ne me paraît pas invraisemblable que [ce qu'elle a dit] ne signifie rien. Conseil de femme est souvent fatal. » Ils vont à présent par le Sandaleid — c'est ce que rapporte Thorkell — jusqu'à ce qu'ils arrivent à Sandaóss[84] ; là, ils descendent de cheval et font une pause. Börkr était taciturne, et Thorkell dit qu'il voulait aller voir Önundr, son ami. Il chevauche si rapidement qu'il disparaît bientôt à la vue. Il s'écarte alors du chemin jusqu'à ce qu'il arrive à Hóll et dit maintenant à Gísli ce qui se passe, c'est-à-dire que Thórdís vient de violer le silence et de passer au crible la vísa, « tu peux aussi t'attendre à ce qu'on t'intente un procès ». Gísli se tait, puis il déclame une vísa :

12.   *Ma sœur, qui aime se parer,*
           N'a pas le tempérament
           De Gudrún Gjúkadóttir
           Au cœur dur,
           Elle qui provoqua
           La mort de son mari
           Pour venger
           Son frère[85].

« Et je crois que je ne méritais pas cela de sa part, car il semble avoir manifesté plus d'une fois que je ne considérais pas son déshonneur en meilleure condition que le mien propre. Il m'est arrivé plusieurs fois de mettre ma vie en péril pour l'amour d'elle, et voilà qu'elle a donné le conseil qui me mènera à la mort. Et je voudrais savoir, frère, ce que je peux attendre de toi, tel étant le méfait que j'ai commis. — Je t'avertirai si des hommes veulent te tuer, mais je ne t'accorderai nulle assistance qui pourrait me faire accuser. Je m'estime grandement lésé par le meurtre de Thorgrímr, mon beau-frère, mon camarade et mon ami intime. » Gísli répond : « Il n'y avait aucun espoir à ce qu'un homme tel que Vésteinn demeurât sans vengeance sanglante, et ce n'est pas moi qui t'aurais fait la réponse que tu me fais maintenant. » Là-dessus, ils se quittent. Thorkell va retrouver Börkr, et ils s'en vont vers le sud, à Thórsnes, et Börkr installe sa maison. Thorkell achète de la terre dans le Bardarströnd, à l'endroit qui s'appelle Hvammr. On en vient à présent aux jours d'assignation[86], et Börkr s'en va vers l'ouest avec quarante hommes. Il a l'intention d'assigner Gísli devant le thing de Thórsnes. Thorkell fait partie de l'expédition ainsi que les neveux de Börkr, Thóroddr et Saka-Steinn ; il y avait également là un Norvégien qui s'appelait Thorgrímr. Ils vont jusqu'à Sandaóss. Alors Thorkell dit : « J'ai une dette à recouvrer ici, dans une petite ferme [et il nomma la ferme] et je voudrais y aller et réclamer mon dû. Et vous, continuez lentement. » Thorkell prend donc de l'avance, et quand il arrive à l'endroit qu'il a nommé, il demande à la maîtresse de maison qu'elle échange un de ses chevaux contre le sien et qu'elle laisse celui-ci devant les portes « et jette une couverture[87] sur la selle, et quand mes compagnons arriveront, dis-leur que je suis à l'intérieur dans la stofa[88] et que je compte l'argent ». Elle lui donne un autre cheval, il va à grande hâte, arrive dans les bois[89], trouve Gísli et lui dit ce dont il s'agit : que Börkr est arrivé de l'ouest.

CHAPITRE XX

Il faut dire maintenant que Börkr prépare le procès contre Gísli, pour le meurtre de Thorgrímr, devant le thing de Thórsnes. Pendant ce temps, Gísli vend ses terres à Thorkell Eiríksson mais conserve ses biens meubles. Cela lui fut fort avantageux. Il demande conseil à Thorkell, son frère : veut-il faire quelque chose pour lui ou veut-il lui accorder quelque protection ? Il répond comme précédemment : il l'avertira si on veut l'attaquer, mais il déclare qu'il veut éviter de se mettre en accusation. Thorkell s'en va donc[90] et chevauche de façon si détournée qu'il parvient en arrière de Börkr et des siens, et retarde plutôt leur marche. Gísli prend son argent, et deux bêtes de trait qu'il mène à la forêt, son esclave, Thórdr le Couard, l'accompagne. Alors, Gísli dit : « Tu m'as souvent été obéissant, et tu as fait selon ma volonté, et je dois t'en récompenser de la bonne manière. » C'était la coutume de Gísli d'aller en manteau bleu, de belle étoffe. Il enlève son manteau et dit : « Je veux te donner ce manteau, ami, et je veux que tu t'en serves tout de suite et que tu ailles en manteau. Reste assis dans le dernier traîneau. Je vais conduire les bêtes et porter ton capuchon. » Ainsi font-ils. Alors Gísli dit : « S'il arrive que des hommes t'appellent, tu dois surtout prendre soin de ne jamais leur répondre, mais si quelqu'un veut te faire du mal, alors viens jusqu'à la forêt. » L'intelligence de Thórdr était tout à fait équivalente à son courage, car il n'avait pas le moindre soupçon de l'une ni de l'autre. Gísli conduit donc les animaux. Thórdr était un homme de grande taille et il avait l'air imposant dans le traîneau. Il se pavanait plutôt, s'estimant magnifiquement équipé. Or Börkr et les siens virent leur expédition, quand ils allèrent vers la forêt, et leur coururent sus en grande hâte. Et quand Thórdr voit cela, il bondit hors du traîneau aussi vite qu'il le peut et s'enfuit vers la forêt. Ils croient que c'est Gísli qui s'en va là, se mettent à sa poursuite comme des forcenés et l'appellent tant qu'ils peuvent. Mais lui se tait et court de toutes ses forces. Le Norvégien Thorgrímr lui jette sa lance, et elle l'atteint si durement entre les épaules qu'il en tombe face contre terre et que c'est une blessure mortelle. Alors Börkr dit : « Honneur à toi pour ce beau coup. » Les [beaux-]frères discutèrent entre eux pour savoir s'ils devaient poursuivre l'esclave et voir s'il y avait quelque prise à faire sur lui. Ils se tournent vers la forêt. Alors il faut dire que, quand Börkr et les autres arrivèrent à l'homme en manteau bleu, ils lui enlevèrent le capuchon et trouvèrent que leur bonne chance était moins grande qu'ils ne le croyaient, parce qu'ils reconnurent Thórdr le Couard là où ils s'attendaient à trouver Gísli. On dit maintenant qu'ils arrivèrent à la forêt alors que Gísli y était entré ; il les voit, et eux de même. Alors, l'un d'eux lui jette une lance, il la saisit au vol et la renvoie : elle atteint Thóroddr en plein corps et le transperce. Steinn se dirige vers ses camarades et dit que la forêt est plutôt difficile à traverser. Pourtant, Börkr veut la fouiller et c'est ce qu'ils font. Quand ils sont dans la forêt, Thorgrímr le Norvégien voit le feuillage s'agiter à un endroit. Il jette sa lance droit dessus et elle atteint Gísli au mollet. Celui-ci renvoie la lance qui transperce Thorgrímr ; il y perd la vie. Ils cherchent par la forêt et ne trouvent pas Gísli. Ils rebroussent chemin dans cet état et reviennent à la ferme, et intentent un procès contre Gísli pour le meurtre de Thorgrímr. Ils ne s'emparent d'aucune des richesses qui sont là et s'en vont ensuite chez eux. Pendant que Börkr et les siens sont à la ferme, Gísli s'en va dans la montagne, derrière les maisons. Il panse sa blessure. Quand ils sont partis, Gísli va chez lui, se prépare à partir, se procure un bateau, y transporte beaucoup de richesses. Audr, sa femme, s'en va avec lui ainsi que Gudrídr, sa fille adoptive. Ils vont par mer jusqu'à Húsanes et y descendent à terre. Gísli monte jusqu'à la ferme qui se trouve là, et rencontre un homme. Celui-ci lui demande qui il est, et Gísli dit un nom qui lui passe par la tête, mais pas son vrai nom. Gísli ramasse une pierre et la jette vers le large dans l'îlot qui se trouve devant la côte à cet endroit. Il demande que le fils du bóndi en fasse autant quand il reviendra à la maison et dit qu'alors il saura qui est arrivé là. Mais il ne se trouva personne pour en faire autant, et il apparut encore une fois que Gísli était meilleur aux exercices physiques que la plupart des autres hommes. Après cela, il retourne au bateau, double le cap à la rame, traverse l'Arnarfjördr et le fjord qui remonte vers l'intérieur en partant de l'Arnarfjördr et s'appelle Geirthjófsfjördr, s'installe à cet endroit, y élève des bâtiments et y passe l'hiver.

CHAPITRE XXI

Là-dessus, Gísli envoie un message à ses parents par alliance, Helgi, Sigurdr et Vestgeirr, pour qu'ils aillent au thing et offrent de payer compensation pour lui afin qu'il ne soit pas condamné. Et les fils de Bjartmarr vont au thing. Mais ils n'obtiennent aucun résultat pour un accord. Les gens déclarent qu'ils se sont mal conduits et que pour un peu ils se seraient mis à pleurer avant que cela ne se termine. Ils disent à Thorkell le Riche ce qui se passe et déclarent qu'ils n'osent pas dire à Gísli qu'il est proscrit[91]. À ce thing-là, il n'y eut pas d'autre nouvelle que la proscription de Gísli. Thorkell le Riche va donc trouver Gísli et lui dit qu'il est proscrit. Alors, Gísli déclama ces visur :

13.   *À Thórsnes*
                  Mon procès
                  Aurait reçu
                  Conclusion satisfaisante

Si le cœur
De Vésteinn
Avait battu dans la poitrine
Des fils de Bjartmarr.

14. *Ils perdirent la face*
    Alors qu'ils auraient dû se réjouir,
    Les frères de la mère
    De ma femme.
    Alors que les fils de Bjartmarr
    N'auraient pas dû
    Se laisser corrompre
    Par l'or.

15. *Honteusement, les hommes*
    M'ont infligé dure peine
    Au thing.
    La nouvelle m'en est arrivée du nord.
    Pour cette raison
    Je dois me venger cruellement
    De Börkr et de Steinn,
    Ô guerrier libéral !

Gísli demande alors ce qu'il peut espérer d'eux [Thorkell le Riche et Thorkell, son frère]. Les deux homonymes déclarent qu'ils lui donneront un abri à la condition qu'ils n'y risquent pas leurs biens. Thorkell s'en va chez lui après cela. On dit que Gísli passa trois hivers dans le Geirth-

jófsfjördr, en allant quelquefois chez Thorkell
Eiríksson, et que pendant trois autres hivers, il
voyagea par toute l'Islande et alla voir tous les
chefs pour leur demander assistance. Mais à cause
des sorcelleries que Thorgrímr avait faites avec
ses charmes, et du sort qu'il lui avait jeté, le destin ne permit pas[92] d'obtenir leur assistance, et
bien que, parfois, il sembla que cela dût se faire,
il y eut partout quelque chose qui s'y opposa. Il
resta pourtant longtemps chez Thorkell Eiríksson.
Voilà maintenant six ans qu'il est proscrit. Après
cela, il est parfois dans le Geirthjófsfjördr, à la
ferme d'Audr, et parfois dans une cachette qu'il
s'est faite, au nord de la rivière. Il avait une autre
cachette dans les falaises situées au sud de l'enclos,
et il était tantôt dans l'une tantôt dans l'autre.

CHAPITRE XXII

Quand Börkr apprend cela, il s'en va de chez
lui et va trouver Eyjólfr le Gris, qui habitait alors
dans l'Arnarfjördr, à Otradalr, et demande qu'il
se mette à la recherche de Gísli et le tue comme
proscrit ; il déclare qu'il lui donnera trois cents
d'argent, du meilleur[93], pour qu'il s'applique à le
traquer sans relâche. Il accepte l'argent et promet
de l'aider. Il y avait un homme chez Eyjólfr qui

s'appelait Helgi et était surnommé Helgi l'Espion. Il avait le pied léger et la vue perçante, et il connaissait bien tous les fjords. On l'envoie à Geirthjófsfjördr pour voir si Gísli y est. Il aperçoit un homme mais n'arrive pas à savoir si c'est Gísli ou quelqu'un d'autre. Il revient à la maison et dit à Eyjólfr ce qui se passe. Celui-ci déclare que c'est sûrement Gísli, agit sans retard, s'en va dans le Geirthjófsfjördr avec six hommes, n'aperçoit pas Gísli et revient chez lui dans cet état. Gísli était un homme fort savant, grand rêveur et prévoyant l'avenir dans ses rêves[94]. Tous les hommes sages sont d'accord pour dire que Gísli était, de tous les hommes, celui qui avait vécu le plus longtemps étant proscrit, exception faite pour Grettir Asmundarson[95]. On dit à ce sujet qu'un automne, Gísli dormit très mal une certaine nuit, alors qu'il était chez Audr, et que, quand il se réveilla, celle-ci lui demanda ce qu'il avait rêvé. Il répond : « Je vois deux femmes dans mes rêves. L'une est bonne pour moi, mais l'autre ne me dit guère que des choses pires les unes que les autres, et ne me prédit que du mal. Je viens de rêver que j'entrais dans une maison ou une skáli et là, à l'intérieur, je reconnaissais beaucoup de mes parents et de mes amis. Ils étaient assis près du feu et buvaient, et il y avait sept foyers : quelques-uns presque consumés, quelques-uns tout brillants.

Alors entra ma femme de rêve, la bonne, et elle dit que cela signifiait les années qu'il me restait à vivre. Et elle me conseilla de négliger les anciennes croyances tant que je vivrais, de ne pratiquer aucune sorcellerie ou magie, et d'être bon envers les sourds, les boiteux, les pauvres et les indigents. Mon rêve ne fut pas plus long. » Alors, Gísli déclama quelques visur :

16. *Ô femme ! je pénétrai*
      Dans une maison
      Où brûlaient sept feux.
      J'en eus du chagrin, ô femme !
      Ceux qui étaient assis
      Près du feu me firent bonnes salutations
      Et je les priai tous
      De demeurer en paix.

17. *La femme m'a dit :*
      Prends garde au nombre des feux
      Qui brûlent dans la pièce.
      Il te reste à vivre
      Autant d'hivers,
      Me dit-elle,
      Et il n'y a plus longtemps maintenant
      À attendre une autre vie, meilleure.

18. *La femme m'a dit :*
      Ô homme ! De ce que

Tu apprends du scalde,
Tu ne retiendras que ce qui est bon.
Ô héros ! On dit
Que rien n'est pire à l'homme
Que de se conduire
Avec infamie.

19.   *Que ce ne soit pas toi*
        Qui provoques le meurtre ;
        Sois pacifique envers les hommes.
        Cela, jure-le moi.
        Ô homme ! applique-toi
        À aider les aveugles.
        On dit aussi qu'il est mal de se moquer des
        boiteux.
        Aide les infirmes[96].

CHAPITRE XXIII

À ce sujet, il faut dire maintenant que Börkr presse Eyjólfr d'agir. Il lui semble qu'il n'a pas accompli ce qu'il voulait et qu'il n'y a pas eu grands résultats en échange de l'argent qu'il lui a remis. Il déclare qu'il a la certitude que Gísli est à Geirthjófsfjördr. Il dit aux hommes d'Eyjólfr qui font la navette entre lui et Eyjólfr que celui-ci doit se mettre à la recherche de Gísli, sinon il ira lui-même. Eyjólfr se reprend sans tarder, et envoie encore une fois Helgi l'Espion à Geirthjófsfjördr. Celui-ci emporte maintenant des provisions avec lui, s'en va pendant une semaine et guette s'il aperçoit Gísli. Or il le voit un jour sortir de sa cachette, et reconnaît que c'est lui. Il fait diligence et s'en va dire à Eyjólfr ce dont il a la certitude. Eyjólfr s'en va de chez lui avec huit hommes et se rend au Geirthjófsfjördr ; il descend à la ferme d'Audr. Ils n'y trouvent pas Gísli, vont le chercher par toute la forêt et ne le découvrent pas, retournent à la ferme d'Audr et Eyjólfr lui offre beaucoup d'argent pour qu'elle dise où est Gísli. Mais il s'en faut de beaucoup qu'elle le veuille. Alors, ils menacent de la maltraiter et cela ne sert à rien du tout. Il faut bien qu'ils reviennent chez eux dans cet état. On considère cette expédition comme des plus ridicules, et Eyjólfr reste chez lui pendant l'automne. Mais bien que Gísli n'ait pas été découvert, il comprend pourtant qu'il finira par être pris, car il y a peu de distance entre [Eyjólfr et lui[97]]. Gísli s'en va donc de chez lui, se rend à Strönd, et va trouver son frère Thorkell à Hvammr. Il frappe aux portes de la chambre où Thorkell est couché ; celui-ci sort et salue Gísli. « Maintenant je veux savoir, dit Gísli, si tu veux m'accorder quelque protection ; j'espère de toi bonne assistance ; voici que je suis serré de près maintenant ; et je me suis abstenu de [te demander] cela pendant longtemps. » Thorkell répond la même chose [qu'avant], dit qu'il ne lui accordera aucune aide qui puisse le faire accuser, mais déclare qu'il lui donnera de l'argent ou de quoi voyager s'il en a besoin ou bien toute autre chose dont il a été question précédemment. « Je vois bien, dit Gísli, que tu ne veux pas me secourir. Procure-moi maintenant trois cents de vadmel[98] et sois tranquille : désormais, je te demanderai rarement ton aide. » Thorkell s'exécute, lui donne le vadmel et un peu d'argent. Gísli déclare qu'il acceptera, mais dit qu'il n'aurait pas agi de façon aussi mesquine s'il s'était trouvé à sa place. Quand ils se séparent, Gísli n'est pas satisfait. Il s'en va maintenant dans le Vadill[99], chez la mère de Gestr Oddleifsson, arrive là avant le jour et frappe aux portes. La maîtresse de maison vient sur le seuil. Elle avait l'habitude de recevoir des proscrits, et il y avait chez elle un souterrain. Une des extrémités du souterrain donnait sur la rivière, et l'autre dans sa salle ; les traces en sont encore visibles. Thorgerdr souhaita la bienvenue à Gísli, « et je concède que tu restes ici un moment, mais je ne saurais dire si ce n'est là rien d'autre que conseils de femme ». Gísli déclare qu'il acceptera ; il dit que, si bien qu'agissent les hommes, il n'est pas douteux que les femmes sont encore meilleures. Gísli passe là l'hiver, et on ne l'a jamais traité aussi bien qu'ici pendant sa proscription.

CHAPITRE XXIV

Dès que le printemps revient, Gísli retourne dans le Geirthjófsfjördr ; il ne peut pas demeurer plus longtemps loin d'Audr, sa femme ; c'est qu'ils s'aiment beaucoup ; il passe là l'été en cachette et y reste jusqu'à l'automne. Mais quand les nuits s'allongent, les mêmes rêves reviennent l'un après l'autre, et voilà que la méchante femme de rêve revient à lui ; les rêves se font plus tristes et, une fois, il dit ce qu'il a rêvé à Audr quand elle le lui demande, et déclame cette vísa :

20.   *S'il m'est échu de devenir vieux,*
        Mes rêves ne signifient rien.
        Une femme est venue vers moi en dormant.
        Ô femme, la femme de rêve
        Ne me donne pas lieu de croire
        Autre chose.
        Mais cela ne me protège pas
        Dans le sommeil.

Et Gísli dit alors que la mauvaise femme revient souvent vers lui, qu'elle veut toujours le frotter de sang et le laver dedans, et qu'elle se conduit ignoblement. Alors, il déclame encore une vísa :

21.   *Mes rêves ne sont pas tous*
        De bon augure.
        Je ne me sens pas lié par cela.
        Une femme me ravit ma joie.
        Dès que je ferme les yeux,
        Vaincu par le sommeil,
        Elle vient à moi,
        Toute dégouttante de sang humain
        Et me lave dans le sang.

Et il déclame encore :

22.   *Ô femme ! j'ai encore dit*
        Mes rêves aux hommes,
        Et les mots ne m'ont manqué.
        Les hommes de discorde
        Qui m'ont fait proscrire
        En recevront pire mal
        Si maintenant
        Je me fâche.

Tout est tranquille maintenant. Gísli va chez Thorgerdr et passe chez elle un second hiver. L'été suivant, il va à Geirthjófsfjördr et y reste jusqu'à l'automne. Alors, il va encore une fois chez Thorkell, son frère, et frappe aux portes. Thorkell ne veut pas sortir[100]. Gísli prend un bâton, y grave des runes et le jette à l'intérieur. Thorkell le voit, le ramasse, le regarde, se lève ensuite, sort, salue Gísli et lui demande les nouvelles. Il dit qu'il ne voit rien à dire, « et je suis venu te trouver pour la dernière fois, parent, pour que tu m'accordes une généreuse assistance ; en récompense, je ne te demanderai jamais plus rien ». Thorkell répond encore de la même façon qu'avant, lui offre des chevaux ou un bateau, mais se dérobe à toute assistance directe. Gísli accepte le bateau et demande à Thorkell de le lancer avec lui. C'est ce qu'il fait, et il lui donne six mesures[101] de nourriture et un cent de vadmel. Quand Gísli est monté dans le bateau, Thorkell se tient sur la côte. Alors, Gísli dit : « Eh bien ! tu t'estimes en sécurité à présent ; tu te crois l'ami de beaucoup de chefs et ne crains point pour toi, mais je suis proscrit et beaucoup d'hommes sont mes ennemis. Et pourtant je peux te dire que tu seras tué avant moi. Nous allons maintenant nous séparer en bien plus mauvais termes qu'il n'eût fallu et nous ne nous reverrons jamais plus. Mais il faut que tu saches que jamais je n'aurais agi envers toi comme tu l'as fait envers moi. — Je ne me soucie pas de tes prophéties », dit Thorkell, et ils se quittèrent ainsi. Gísli s'en va jusqu'à Hergilsey dans le Breidafjördr. Alors, Gísli enlève du bateau les planches et les bancs de rameurs, les rames et tout ce qui était transportable à bord, retourne le bateau et le laisse dériver vers la côte jusqu'au cap. Et les gens qui voient le bateau pensent que Gísli a dû se noyer, puisque le bateau est brisé et échoué sur la côte, et qu'il a dû le prendre à Thorkell, son frère. Gísli va à l'intérieur de Hergilsey jusqu'aux maisons. Habite là un homme qui s'appelle Ingjaldr ; sa femme s'appelle Thorgerdr ; Ingjaldr était cousin germain de Gísli et il était arrivé ici en Islande avec lui. Et quand il voit Gísli, il lui offre hospitalité et aide telles qu'il peut les lui accorder. Gísli accepte et reste tranquille en cet endroit quelque temps.

CHAPITRE XXV

Chez Ingjaldr, il y avait un esclave et une serve ; l'esclave s'appelait Svartr, et la serve, Bóthildr. Le fils d'Ingjaldr s'appelait Helgi. Il était simple d'esprit autant qu'on peut l'être, et idiot. On l'avait équipé de la sorte : une pierre percée d'un trou lui pendait au cou, et il paissait l'herbe au-dehors, comme un animal. On le surnommait l'Idiot d'Ingjaldr. Il était de très grande taille, presque comme un troll[102]. Gísli passe là cet hiver. Il fabrique un bateau à Ingjaldr, et beaucoup d'autres choses. Mais tout ce qu'il confectionnait était aisément reconnaissable, parce qu'il était plus habile que la plupart des autres hommes. Les gens se demandèrent comment il se faisait que tant de choses qui appartenaient à Ingjaldr étaient si bien faites, alors qu'il n'était pas adroit. L'été, Gísli est toujours dans le Geirthjófsfjördr ; cela dure ainsi trois hivers depuis le moment où il a rêvé, et c'est surtout grâce à l'aide que lui accorde Ingjaldr. Les gens se mettent alors à avoir des soupçons sur toutes ces choses et pensent que Gísli doit être en vie, qu'il a dû habiter chez Ingjaldr et qu'il ne s'est pas noyé comme on l'a dit. Les gens en discutent. Ingjaldr possède maintenant trois bateaux et tous bien faits. Le bruit en vient aux oreilles d'Eyjólfr le Gris, Helgi [l'Espion] doit se mettre en route encore une fois, et il arrive à Hergilsey. Quand des gens arrivent dans l'île, Gísli est toujours dans un souterrain. Mais Ingjaldr était un bon hôte, et il offre à Helgi de le loger. Celui-ci passe la nuit là. Ingjaldr était un rude travailleur. Quand on pouvait naviguer, il était tous les jours en mer. Et le lendemain matin, quand il est prêt à prendre les rames, il demande si Helgi n'a pas envie d'aller faire un tour, et pourquoi il reste couché. Il dit qu'il ne se sent pas bien, qu'il étouffe ; et il se frotte la tête. Ingjaldr le prie de rester couché tranquille, s'en va en mer, et Helgi se met à gémir fort. Alors on raconte que Thorgerdr va dans le souterrain pour donner à manger à Gísli. Il n'y a qu'une cloison entre la salle et la pièce où Helgi est couché. Thorgerdr sort de la salle. Helgi grimpe sur la cloison et voit qu'on a préparé là à manger pour un homme. Juste à ce moment, Thorgerdr rentre, Helgi se retourne brutalement et tombe en bas de la cloison. Thorgerdr demande pourquoi il se laisse aller à grimper de la sorte et ne reste pas tranquille. Il dit qu'il a de si violentes douleurs à la tête qu'il ne peut pas rester tranquille, « et je voudrais, dit-il, que tu me remettes au lit ». C'est ce qu'elle fait. Puis elle sort avec la nourriture. Et Helgi se lève aussitôt, la suit, voit alors ce qui se passe, revient, se recouche après cela et reste là toute la journée. Le soir, Ingjaldr revient à la maison, va au lit de Helgi et demande s'il est un peu soulagé. Il dit que ça va mieux et demande qu'on l'emmène hors de l'île le lendemain matin. On le transporte au sud jusqu'à Flatey, et il va ensuite à Thórsnes. Alors il dit qu'il s'est aperçu que Gísli est chez Ingjaldr. Börkr se prépare alors à partir. Ils sont quinze en tout, montent en bateau et cinglent vers le nord à travers le Breidafjördr. Ce jour-là, Ingjaldr est allé à la pêche, et Gísli avec lui. L'esclave et la serve sont dans un second bateau, et ils ont mouillé à proximité des îles qui s'appellent Skutileyjar.

CHAPITRE XXVI

Ingjaldr voit alors qu'un bateau cingle du sud et dit : « Il y a un bateau qui fait voile là-bas et je crois que c'est Börkr le Gros. — Quel parti faut-il prendre ? dit Gísli. Je veux savoir si tu es aussi intelligent que tu es brave. — Je prendrai parti sur-le-champ, dit Ingjaldr, quoique je ne sois nullement homme avisé : ramons de toutes nos forces jusqu'à l'île, grimpons sur le Vadsteinaberg et défendons-nous tant que nous sommes vivants. — Il en va donc bien comme je m'y attendais, dit Gísli, que tu as pris la décision dont tu puisses tirer le plus de vaillance. Mais si tu dois laisser la vie à cause de moi, ce serait te faire, pour l'aide que tu m'as montrée, pire récompense que celle que je voulais. Aussi cela ne sera-t-il pas, et il faut prendre un autre parti. Tu vas ramer vers l'île avec l'esclave, et grimper sur le rocher, et te préparer à te défendre, mais eux autres, qui font voile du sud devant le cap, doivent prendre un autre pour moi. Et je vais changer de vêtements avec l'esclave comme une fois déjà, et j'irai en bateau avec Bóthildr. » Ingjaldr fit comme Gísli le conseillait. Il se trouva seulement qu'il était dans une grande colère. Et quand ils se séparent,

Bóthildr dit : « Que ferons-nous à présent ? »
Gísli déclama une vísa :

23.   *Servante, je cherche maintenant*
       Quel parti prendre,
       Car je vais devoir
       Me séparer d'Ingjaldr.
       Ensuite, il m'adviendra, comme avant,
       Ce que le sort me laissera prendre,
       Ô pauvre et brave femme,
       Je n'ai nulle appréhension.

Ils rament vers le sud à la rencontre de Börkr et
de ses hommes et font comme s'il n'y avait aucun
danger. Alors Gísli prescrit à la servante comment
il faudra agir : « Tu diras, dit-il, que l'idiot est ici
à bord, et je m'assiérai à la proue, ferai le singe,
m'envelopperai dans les filets, passerai de temps
en temps par-dessus bord et me conduirai le plus
bêtement possible. Et s'ils viennent sur notre
avant, je ramerai tant que je pourrai et essaierai
de les éloigner de nous au plus vite. » Elle rame
donc à leur rencontre, quoique pas tout près de
Börkr, et fait comme si elle tirait le filet. Börkr la
hèle et demande si Gísli est dans l'île. « Je ne sais
pas, dit-elle, mais ce que je sais, c'est qu'il y a là
un homme qui surpasse de beaucoup les autres à
la fois par la taille et par l'habileté. — Oui, dit
Börkr, et est-ce que le bóndi Ingjaldr est chez

lui ? — Il y a un bon moment, il ramait vers les îles avec son esclave, d'après ce que je crois. — Cela n'est guère possible, dit Börkr, et il faut que Gísli ait été là ; ramons après eux au plus vite. [Les compagnons de Börkr] répondent : « Ça nous amuse de voir l'idiot » [et ils le regardent] « et de regarder comme il peut agir stupidement ». Ils disent que c'est bien triste pour la servante de devoir accompagner ce fou. « C'est bien ce que je pense, dit-elle, mais d'autre part je vois que cela vous semble risible, et ça m'est bien égal. — Ce n'est pas la peine d'aller voir cet imbécile, dit Börkr ; rebroussons chemin. » Ils se quittent donc, rament jusqu'à l'île, descendent à terre, voient des hommes sur le Vadsteinaberg, se dirigent vers ce rocher et croient avoir réussi. En haut du rocher, il y a Ingjaldr et l'esclave. Börkr reconnaît Ingjaldr et dit : « Il vaudrait mieux à présent me remettre Gísli ou bien dire où il est. Tu es un grand coquin d'avoir caché le meurtrier de mon frère alors que tu es mon tenancier. Tu mériterais bien du mal de ma part et le mieux serait que tu sois tué. » Ingjaldr répond : « J'ai de mauvais habits, et je ne m'affligerai pas si je ne les use pas[103] ; et je mourrai plutôt que de ne pas faire à Gísli tout le bien que je peux et de ne pas le préserver des ennuis. » Et l'on a dit que c'était Ingjaldr qui avait le mieux aidé Gísli et fait le plus pour cela.

L'on dit aussi que, lorsque Thorgrímr le Nez fit son sejdr, il avait proclamé que Gísli ne serait pas hors de danger, même s'il y avait des gens pour le protéger ici, dans le pays ; mais il ne lui était pas venu à l'esprit d'étendre la malédiction aux îles, et pour cette raison cela dura pas mal de temps, bien que le sort ne permît pas que cela se prolongeât indéfiniment.

CHAPITRE XXVII

Börkr considère qu'il n'est pas judicieux d'attaquer Ingjaldr, son tenancier ; ils se dirigent donc jusqu'à la ferme, y cherchent Gísli et ne l'y trouvent pas, comme il fallait s'y attendre. Alors, ils vont par toute l'île et arrivent à un endroit, où l'idiot était allongé, mangeant l'herbe dans un petit vallon, avec sa pierre attachée au cou. Alors Börkr prend la parole : « Voilà deux fois maintenant qu'on parle beaucoup de l'idiot d'Ingjaldr, et d'ailleurs cela va plus loin que je ne le pensais. Ce n'est pas la peine de continuer à chercher et nous avons fait preuve d'une telle légèreté que cela passe les bornes. Je ne sais pas quand nous parviendrons à obtenir gain de cause ; Gísli a dû se trouver dans le bateau tout près de nous, à imiter l'idiot, car il est habile en toutes choses et il a de grands talents d'imitateur. Ce serait une honte pour tant d'hommes s'il devait nous échapper maintenant qu'il faut sans délai nous mettre à sa poursuite et ne pas le laisser s'enfuir. » Alors ils courent au bateau, rament à leur poursuite et tirent ferme sur les rames. Ils découvrent qu'ils sont arrivés loin dans un petit détroit. De part et d'autre, on souque ferme. Mais le bateau va d'autant plus vite qu'il y a plus d'hommes dedans, et ils parviennent si près pour finir que Börkr n'est qu'à une portée de flèche quand Gísli et la serve arrivent à terre. Alors Gísli prend la parole et dit à la serve : « Il faut que nous nous quittions maintenant, et voici une bague que tu donneras à Ingjaldr, et une autre pour sa femme. Dis-leur qu'ils te donnent ta liberté et porte-leur cela en guise de preuve. Je voudrais également que Svartr soit affranchi. Tu peux dire que tu m'as sauvé la vie et je veux que tu en sois récompensée. » Ils se quittent donc. Gísli court à terre, il bondit dans un ravin. Cela se passe à Hjardarnes. La serve s'éloigne à la rame, épuisée et dégouttante de sueur au point qu'elle en fume. Börkr et les siens rament jusqu'à terre, et c'est Saka-Steinn qui est le plus prompt à sortir du bateau. Il court chercher Gísli. Quand il arrive dans le ravin, Gísli se dresse, l'épée brandie, le frappe immédiatement à la tête de telle sorte que l'épée s'enfonce jusqu'aux épaules, et il tombe mort sur le sol. Börkr et ses hommes montent dans l'île, mais Gísli se jette à l'eau et veut aller à terre à la nage. Börkr lui jette une lance ; le coup l'atteint au mollet, le lui tranche et c'est là une grande blessure. Il arrache la lance, mais laisse échapper son épée, parce qu'il est si épuisé qu'il ne peut la tenir. La nuit tombe et il fait sombre. Quand il est parvenu à terre, il court dans les bois, car des arbres ont poussé là en divers endroits. Alors, Börkr et ses hommes rament jusqu'à terre, cherchent Gísli et l'encerclent dans le bois. Et il est si épuisé et raidi de froid qu'il peut à peine marcher, et il voit qu'il y a des hommes de toutes parts autour de lui. Il cherche quel parti prendre, descend jusqu'à la mer et, en prenant par la partie du rivage découverte par la mer à marée basse, il parvient à Haugr, en pleine obscurité, et va trouver un bóndi qui s'appelle Refr[104], le plus rusé des hommes. Celui-ci le salue et lui demande les nouvelles. Il dit tout, et comment les choses se sont passées entre lui et Börkr. Refr avait une femme, qui s'appelait Álfdís, avenante de visage, mais avec un tempérament de mégère et mauvaise femme autant qu'on peut l'être. Elle était bien assortie à Refr. Quand il a dit les nouvelles à Refr, Gísli le presse de lui porter secours « et ils seront ici bientôt, dit Gísli, car ils me serrent de près, et il n'y a guère de secours. — Il faut faire quelque chose, dit Refr. Je te propose de décider tout seul comment faire pour te protéger, et ne t'en mêle pas. — Il faut accepter cela, dit Gísli, et je ne tiens plus sur mes deux jambes. — Entre, alors », dit Refr, et c'est ce qu'ils font. Alors Refr dit à Álfdís : « Maintenant, on va te changer de compagnon de lit » [il enlève toute la literie et dit que Gísli doit s'étendre dans la paille ; puis il remet la literie sur lui, et couche Álfdís au-dessus de lui] « et reste ici, dit Refr, quoi qu'il arrive ». Il demande aussi à Álfdís de se mettre dans l'humeur la plus exécrable et la plus folle, « et n'hésite pas, dit Refr, à dire tout le mal qui te vient à l'esprit, tant en jurons qu'en grossièretés. Je vais aller leur parler et leur dirai ce que bon me semblera ». Et la deuxième fois qu'il sort, il voit venir des hommes : ce sont les compagnons de Börkr, ils sont huit en tout. Börkr est resté à Forsá. Ces hommes doivent aller chercher Gísli et s'en emparer s'il est arrivé là. Refr est au-dehors et demande les nouvelles. « Les seules que nous puissions dire, tu as dû les apprendre. Sais-tu quelque chose des allées et venues de Gísli ? disent-ils. Est-ce qu'il ne serait pas venu ici ? — D'abord, dit Refr, il n'est pas venu ici, et d'ailleurs, s'il avait été tenté de le faire, il ne lui aurait pas fallu longtemps pour s'apercevoir que c'était une idée désastreuse. Ensuite, je ne sais pas si vous me croyez quand je vous dis que je ne serais pas moins disposé que n'importe lequel d'entre vous à tuer Gísli ; et j'ai dans l'idée que ce serait une bonne chose que d'avoir la protection d'un homme comme Börkr, et je voudrais être son ami. » Ils demandent : « As-tu quelque chose contre le fait que nous te fouillions, toi et ta maison ? — Oui, dit Refr, volontiers ; car je sais que vous chercherez en d'autres endroits avec meilleure conscience, si vous vous assurez d'abord qu'il n'est pas ici. Entrez et cherchez de votre mieux. » Ils entrent. Quand Álfdís entend le bruit qu'ils font, elle demande qui sont les bandits qui sont là ou quels sont les idiots qui viennent déranger les gens pendant la nuit. Refr la prie de se modérer. Et pourtant, elle ne leur épargna pas les pires grossièretés en sorte qu'ils pouvaient à peine agir. Ils fouillèrent néanmoins, mais toutefois moins qu'ils n'auraient dû s'ils n'avaient pas subi le langage ordurier de la maîtresse de maison. Ils s'en vont ensuite sans avoir rien trouvé, saluent le bóndi qui leur souhaite bon voyage. Ils reviennent trouver Börkr, très mécontents de leur expédition. Ils considèrent avoir reçu grand déshonneur et perte d'hommes, et n'avoir réussi en rien. Cela se répand dans le district, et les gens pensent, en voyant les mésaventures qu'ils subissent à cause de Gísli, que la pierre est trop lourde à soulever[105]. Börkr s'en va chez lui et dit à Eyjólfr où en sont les choses. Gísli passe un demi-mois chez Refr, puis s'en va ; lui et Refr se séparent bons amis et Gísli lui donne un couteau et une ceinture. C'étaient là de beaux cadeaux, et il n'avait rien d'autre sur lui. Après cela, Gísli s'en va dans le Geirthjófs-fjördr chez sa femme. Son renom s'est fort accru en l'occurrence. Et l'on a dit en vérité que nul n'était plus fort physiquement ou plus héroïque que Gísli. Pourtant, la bonne fortune n'était pas avec lui[106].

CHAPITRE XXVIII

Maintenant il faut dire qu'au printemps, Börkr s'en va au thing du Thorskafjördr avec quantité d'hommes afin d'y rencontrer ses amis. Gestr s'en vient de l'ouest, du Bardaströnd ainsi que Thorkell Súrsson, et chacun des deux y va dans son propre bateau. Quand Gestr est tout prêt à partir, deux garçons mal habillés avec des bâtons à la main arrivent auprès de lui. Les gens sont sûrs que Gestr parla en secret aux garçons, qu'ils lui demandèrent de les transporter et qu'il le leur accorda. Les voilà partis avec lui jusqu'au thing. Une fois arrivés, ils descendent à terre, vont par les chemins jusqu'au thing du Thorskafjördr. Il y avait un homme qui se nommait Hallbjörn ; c'était un vagabond. Il allait par les districts, toujours avec une dizaine ou une douzaine d'hommes, et il avait installé un baraquement au thing. Les garçons vont jusqu'à ce baraquement, lui demandent de les y loger, et se disent vagabonds. Il déclare qu'il loge dans son baraquement quiconque veut recevoir l'hospitalité. « Je suis venu ici bien des années, dit-il, et je connais tous les chefs et possesseurs de godord. » Les garçons disent qu'ils ont confiance en sa protection, et qu'ils veulent qu'il les instruise, « nous voudrions bien voir les puissants personnages sur le compte desquels courent tant d'histoires ». Hallbjörn dit qu'ils vont descendre sur le rivage, qu'il reconnaîtra sur-le-champ chacun des bateaux qui arrivera, et qu'il le leur dira. Ils le remercient de sa bonté. Ils descendent donc au rivage puis jusqu'à la mer et voient les bateaux faire voile vers la côte. Alors, l'aîné des garçons prend la parole : « À qui appartient ce bateau qui va aborder ici maintenant ? » Hallbjörn dit que c'est à Börkr le Gros. « Et qui cingle juste après ? — Gestr le Voyant », dit-il. « Et qui fait voile juste après et mouille à la pointe du fjord ? — C'est Thorkell Súrsson », dit-il.

Alors ils voient que Thorkell descend à terre et s'assoit quelque part, pendant que les gens déchargent leurs cargaisons et les portent là où la mer ne peut les atteindre. Börkr plante leur baraquement. Thorkell avait un bonnet à la russe sur la tête, un manteau gris, attaché sur l'épaule par une boucle d'or, et une épée à la main. Puis Hallbjörn et les garçons s'en vont jusqu'à l'endroit où est assis Thorkell. Alors, l'un des garçons, l'aîné, prend la parole et dit : « Qui donc est cet homme glorieux qui est assis ici ? Jamais je n'ai vu plus bel homme ni plus magnifique. » Il répond : « Grand merci pour tes paroles, je m'appelle Thorkell. » Le garçon dit : « L'épée que tu as à la main doit être un grand trésor. Veux-tu me permettre de la regarder ? » Thorkell répond : « Tu dis d'étranges choses sur cette épée, mais je te le permettrai quand même », et il la lui tend. Le garçon s'en saisit, se recule un peu, défait les attaches du fourreau et brandit l'épée. Quand Thorkell voit cela, il dit : « Je ne t'ai pas permis de brandir cette épée. — Cela, je ne t'en ai pas demandé la permission », dit le garçon, et il dresse l'épée, l'abat sur le cou de Thorkell et lui tranche la tête. Aussitôt après, Hallbjörn se lève d'un bond, mais le garçon jette l'épée ensanglantée, ramasse son bâton et s'enfuit avec Hallbjörn ; les vagabonds sont fous de terreur. Ils remontent près des baraquements que Börkr est en train d'installer. Des hommes se dirigent vers Thorkell, sans savoir ce qui a eu lieu. Börkr demande ce que signifie ce vacarme, ce tumulte qui se fait autour de Thorkell. Or quand Börkr demande cela, les vagabonds — ils sont quinze — passent près des baraquements en courant, et le plus jeune des garçons, qui s'appelait Helgi — et celui qui avait commis le meurtre s'appelait Bergr — répond : « Je ne sais pas de quoi ils discutent, mais je crois qu'ils se demandent si Vésteinn n'a pas laissé après lui une fille ou s'il n'avait pas de fils. » Hallbjörn court aux baraquements et les garçons jusqu'à la forêt qui se trouve près du thing, et on ne les trouva pas.

CHAPITRE XXIX

Des hommes se précipitent alors jusqu'au baraquement de Hallbjörn et demandent ce que cela signifie. Et les vagabonds disent que deux jeunes garçons se sont mêlés à leur groupe, que cela s'est passé à leur insu et qu'ils ne savent rien d'eux. Ils décrivent cependant leur apparence et leurs propos tels qu'ils ont été. Börkr pense alors savoir, d'après les paroles que Helgi a dites, que ce sont des fils de Vésteinn. Après cela, il va voir Gestr et discute avec lui sur la façon dont ils doivent agir. Börkr dit : « De tous les hommes, c'est moi qui suis le plus tenu d'entreprendre les poursuites pour le meurtre de Thorkell, mon beau-frère. Il ne nous paraît pas invraisemblable que ce soient les fils de Vésteinn qui aient commis cet acte, car nous ne voyons personne en dehors d'eux qui ait des griefs contre Thorkell. Il pourrait bien se faire qu'ils se soient enfuis à présent. Quel conseil donnes-tu sur la façon dont il faut entreprendre le procès ? » Gestr répond : « Si c'était moi qui avais commis le crime, l'avis que je prendrais pour rendre le procès nul et non avenu serait d'user d'un subterfuge qui consisterait à m'attribuer un autre nom que le mien[107] » et Gestr déconseille fort d'entreprendre le procès. Les gens tiennent pour certain que Gestr avait été de mèche avec les garçons, parce qu'il leur était étroitement apparenté. Ils se désistent donc et le procès tourne court. Thorkell est inhumé selon l'ancienne coutume, les hommes quittent le thing et il ne se passe rien de plus à ce thing. Börkr est fort mécontent de son expédition, chose dont il avait pourtant l'habitude, et retire de cette affaire grands outrages et déshonneur. Les garçons vont, jusqu'à ce qu'ils arrivent dans le Geirthjófsfjördr : ils ont couché dix jours à la belle étoile. Ils

arrivent chez Audr : Gísli s'y trouve. Ils arrivent
de nuit et frappent aux portes. Audr va jusqu'au
portail, les salue et leur demande les nouvelles.
Gísli est couché dans son lit. Il y avait là un abri
souterrain, et elle élevait la voix s'il fallait qu'il
se tînt sur ses gardes. Ils lui disent le crime de
Thorkell et comment il s'est produit, lui disent
également combien de temps ils sont restés sans
manger. « Je vais vous envoyer, dit Audr, par-delà
la crête, à Mosdalr chez les fils de Bjartmarr. Je
vais vous donner quelques provisions et des signes
de reconnaissance, afin qu'ils vous offrent un abri,
et si je fais cela, c'est que je ne veux pas demander
à Gísli qu'il vous protège. » Alors les garçons s'en
vont dans la forêt pour qu'on ne puisse pas les
trouver, dévorent la nourriture parce qu'ils ont
été longtemps sans manger, s'étendent ensuite
pour dormir après s'être restaurés, car ils sont
pleins de sommeil.

CHAPITRE XXX

Maintenant, il faut parler d'Audr. Elle rentre,
va jusqu'à Gísli et dit : « À présent, je vais attacher grande importance à la façon dont tu vas t'y
prendre pour me faire honneur plus que je ne le

mérite. » Il répond aussitôt et dit : « Je sais que tu vas me dire le meurtre de Thorkell, mon frère. — Tu as deviné juste, dit Audr, les garçons sont venus ici. Ils voulaient que tu les protèges car ils pensent n'avoir aucun autre recours que celui-là. » Il répond : « Je ne pourrais supporter de voir les assassins de mon frère et de rester en bons termes avec eux. » Il se lève d'un bond, veut brandir l'épée et déclame une vísa :

24.　　*Qui sait combien de fois*
　　　　Gísli devra encore brandir l'épée
　　　　Avant que l'on ne dise que je n'étais pas de
　　　　connivence
　　　　Quand il fut mis fin aux jours de Thorkell.
　　　　On se dira sûrement que j'étais
　　　　De mèche avec les vagabonds.
　　　　Jusqu'au jour de ma mort,
　　　　Il faudra que j'accomplisse des prouesses.

　　Alors Audr dit qu'ils étaient partis, « et j'ai eu l'esprit de les empêcher de venir ici ». Gísli dit aussi que c'était sûrement la meilleure chose qu'ils ne se rencontrent pas. Il s'apaise bientôt, et il n'y a pas d'événements importants à présent. On dit qu'il ne reste plus maintenant que deux hivers sur ce que la femme de rêve lui a dit qu'il avait encore à vivre. Et quand l'automne arrive, Gísli reste dans le Geirthjófsfjördr. Tous ses rêves reviennent.

Il dort mal. C'est toujours la mauvaise femme de rêve qui vient à lui, quoique, de temps en temps, ce soit la bonne. Une certaine nuit, il se fait encore que Gísli rêve que la femme de rêve, la bonne, vient à lui. Il lui semble qu'elle monte un cheval gris, qu'elle lui offre de venir avec elle chez elle, et qu'il accepte[108]. Ils arrivent maintenant à une maison, très grande, elle le conduit à l'intérieur. Il lui semble que tout y est confortable et joliment paré. Elle le prie de rester là et ils s'y plaisent, « c'est ici que tu viendras lorsque tu mourras, dit-elle, ici tu jouiras de richesses et de prospérité ». Et il se réveille et déclame quelques vísur d'après ce qu'il a rêvé :

25.   *La femme me pria de monter avec elle*
        Son cheval gris
        Et d'aller chez elle,
        Et je fus heureux.
        Je me souviens de ses paroles
        Elle me promit
        De prendre soin de moi
        Pour que tout aille bien pour moi.

Et il déclame encore :

26.   *Je n'oublie pas*
        Que la belle femme m'invita
        À dormir dans un lit de plumes.
        La femme avisée m'a conduit

Jusqu'à sa couche
Sans aspérités.
Le scalde reçut la couche moelleuse.
Je m'y trouvai bien.

27.   *La femme m'a dit :*
C'est ici, homme, que tu viendras
Quand tu mourras,
Et tu seras avec moi.
Alors, ô héros, tu jouiras
De moi et de ces richesses
Alors tout cet or
Nous appartiendra.

CHAPITRE XXXI

Là-dessus, on dit qu'une fois encore, Helgi fut envoyé espionner dans le Geirthjófsfjördr et que les gens estimaient que Gísli devait y être. Alla avec lui un homme qui s'appelait Hávardr. Il était revenu en Islande l'été précédent et était parent de Gestr Oddleifsson. On les envoya dans les forêts pour couper du bois de charpente, mais ce n'était que le prétexte de leur voyage : en fait, ils devaient chercher Gísli et voir s'ils trouveraient sa cachette. Et un soir, ils virent du feu dans les falaises, au sud de la rivière. C'était à la tombée de la nuit et il faisait noir comme dans un four. Alors, Hávardr demande à Helgi quel parti prendre « et tu dois, dit-il, avoir l'habitude de tout cela plus que moi. — Il n'y a qu'une chose à faire, dit Helgi, c'est de monter la garde, ici, sur ce monticule où nous sommes et l'on découvrira la cachette quand il fera jour. Il n'y a qu'à regarder les falaises d'ici, car elles sont toutes proches ». C'est le parti qu'ils prennent. Et quand ils ont monté la garde [un moment], Hávardr dit qu'il a sommeil, tellement qu'il déclare qu'il n'est capable de rien d'autre que de dormir. C'est ce qu'il fait. Mais Helgi veille et entasse des pierres pour finir la redoute dans laquelle ils montent la garde. Quand il a terminé, Hávardr s'éveille et prie Helgi de dormir, disant que c'est lui qui va monter la garde. Et Helgi sommeille un moment. Pendant qu'il dort, Hávardr se met à l'œuvre, démolit la redoute et disperse toutes les pierres dans l'obscurité. Quand c'est fait, il saisit une grosse pierre et la jette sur le monticule tout près de la tête de Helgi, de telle sorte que la terre en tremble. Alors, Helgi se lève d'un bond, tout terrifié et tremblant de peur, et demande ce que cela signifie. Hávardr dit : « Il y a un homme dans le bois, et il en est venu beaucoup cette nuit. — Ça doit être Gísli, dit Helgi, et il a eu vent de notre présence. Et tu comprendras sans mal, mon vieux, dit-il, que nous aurions tous deux été mis en pièces si une pierre de cette taille était tombée sur nous. Et il n'y a rien d'autre à faire que de s'enfuir au plus vite. » Voilà Helgi qui court aussi vite qu'il le peut, et Hávardr le suit et le prie de ne pas l'abandonner, mais Helgi n'y prête pas la moindre attention et va comme ses jambes le portent. Pour finir, ils arrivent tous les deux au bateau, y grimpent, font force de rames et vont tout d'une traite jusque chez eux, dans l'Otradalr ; Helgi dit qu'il est certain de l'endroit où Gísli s'est caché[109]. Eyjólfr agit sans tarder, s'en va immédiatement avec onze hommes. Helgi et Hávardr font partie de l'expédition. Ils vont jusqu'à ce qu'ils arrivent dans le Geirthjófsfjördr, marchent par toute la forêt pour chercher la redoute et la cachette de Gísli et ne les trouvent nulle part. Alors Eyjólfr demande à Hávardr à quel endroit ils ont installé la redoute. Il répond : « Je ne saurais le dire, d'une part parce que j'avais tellement sommeil que je ne savais pas ce qui se passait autour de moi, et d'autre part parce que c'est Helgi qui a construit la redoute pendant que je dormais. Ça ne m'étonnerait pas que Gísli se soit aperçu de notre présence, et qu'il ait démoli la redoute quand il a fait jour et que nous sommes partis. » Alors Eyjólfr dit : « Nous n'avons pas eu de chance dans cette affaire, et il vaut mieux que nous rebroussions chemin » et c'est ce qu'ils font. Eyjólfr déclare qu'auparavant, il veut aller voir Audr. Ils arrivent à la ferme, en-

trent et, encore une fois, Eyjólfr se met à conver-
ser avec Audr. Il prend la parole en ces termes :
« Je voudrais faire un marché avec toi, Audr, dit-il.
Je voudrais que tu me dises où est Gísli et je te
donnerai trois cents d'argent, ceux-là mêmes que
j'ai reçus pour avoir sa tête. Quand nous le tue-
rons, tu ne seras pas présente. S'ensuivra également que je te remarierai et te trouverai un parti
bien meilleur que celui-ci. Tu peux encore consi-
dérer, dit-il, quel désavantage c'est pour toi que
de rester dans ce fjord désolé, de subir tel sort à
cause de la mauvaise chance de Gísli et de ne jamais voir tes parents et relations. » Elle répond :
« Ça m'étonnerait beaucoup, dit-elle, que tu me
trouves un parti qui me paraisse valoir l'actuel.
Pourtant, c'est vrai, ce que l'on dit, que l'argent
est la meilleure des choses après la mort. Fais-moi
voir si cet argent est aussi abondant et aussi beau
que tu me le dis. » Il pose l'argent sur ses genoux,
elle plonge la main dedans, et il le compte et le lui
montre. Gudrídr, sa fille adoptive, se met à pleurer.

CHAPITRE XXXII

Ensuite, Gudrídr sort et va trouver Gísli et lui
dit : « Ma mère adoptive vient de devenir folle.
Elle veut te trahir. » Gísli dit : « Ne t'afflige pas,

car ce ne seront pas les tromperies d'Audr qui seront causes de ma mort », et il déclama une vísa :

28.   *On me dit que ma femme*
         Avec grande scélératesse
         Se prépare
         À trahir son mari.
         Mais je sais
         Qu'elle se tient assise et pleure.
         Je ne crois pas
         Qu'il soit vrai qu'elle fasse cela.

Après cela, la jeune fille revient à la maison et ne dit pas où elle est allée. Eyjólfr vient alors de terminer de compter l'argent, et Audr dit : « En aucune façon, l'argent n'est ni moins abondant ni moins bon que ce que tu m'en as dit. Et tu admettras que j'aie le droit d'en faire ce que bon me semble. » Eyjólfr accueille ses paroles avec satisfaction, et la prie en effet d'en faire ce qu'elle veut. Audr prend donc l'argent et le verse dans une grande bourse, puis elle se lève et jette la bourse avec l'argent dedans sur le nez d'Eyjólfr, si bien que le sang jaillit, et elle dit : « Reçois donc cela pour ta crédulité, et tout le mal avec. Il n'y avait aucun espoir que je te livre mon mari, à toi, mauvais homme. Reçois cela, et reçois avec honte et couardise à la fois. Tant que tu vivras, misérable, tu te rappelleras qu'une femme t'a châtié.

Et tu n'obtiendras pas davantage ce que tu voulais. » Alors Eyjólfr dit : « Saisissez ce chien et tuezle, même si c'est une femelle. » Alors, Hávardr prend la parole : « Notre expédition serait pire que tout si nous commettions cette infamie. Qu'on se lève et ne le laisse pas approcher d'elle. » Eyjólfr dit : « Le vieux proverbe est vrai, qui dit que la mauvaise chance est élevée à la maison[110]. » Hávardr était un homme populaire, et beaucoup étaient prêts à lui porter secours et à empêcher d'autre part Eyjólfr de commettre cette infamie, et il dut bien s'incliner et s'en aller dans cet état. Mais avant que Hávardr ne sorte, Audr dit : « En vérité, il ne faut pas que je conserve les dettes que Gísli a envers toi, et voici une bague d'or que je voudrais te donner. — Ce n'est pas moi qui l'aurais réclamée, pourtant », dit Hávardr. « Je voudrais te la donner quand même », dit Audr. Elle lui donna tout de même l'anneau d'or pour son aide. Hávardr se procura un cheval et s'en alla au sud, à Strönd, chez Gestr Oddleifsson, et ne voulut plus être chez Eyjólfr. Celui-ci s'en alla chez lui dans l'Ostradalr, très fâché de son voyage, et du reste les gens considérèrent cette expédition avec le plus grand mépris.

CHAPITRE XXXIII

L'été se passe ainsi. Gísli est dans son souterrain, se tient sur ses gardes, et n'a pas l'intention
de s'en aller. Il se dit que maintenant, toutes ses
cachettes sont éventées. Les hivers qu'il lui reste à
vivre, d'après ses rêves, sont également écoulés.
Pendant l'été, il se fait, une nuit, que Gísli dort
mal. Quand il s'éveille, Audr demande ce qu'il a
rêvé. Il dit que la mauvaise femme de rêve est
venue à lui et qu'elle a parlé ainsi : « À présent, je
vais changer tout ce que t'a dit ta femme de rêve,
la bonne, et je vais m'arranger pour qu'il n'arrive
rien de ce qu'elle t'a dit. » Alors, Gísli déclame
une vísa :

29.   *Il ne vous sera pas échu*
       De vivre ensemble
       Et tant déplorerez
       Votre amour passionné, m'a dit la femme.
       C'est sentence du dieu
       Que tu abandonnes
       Votre foyer à tous deux
       Pour aller en un autre monde.

« J'ai rêvé encore, dit Gísli, que je voyais une
femme venir à moi. Elle attachait sur ma tête un
bonnet dégouttant de sang, après m'avoir lavé la
tête dans le sang, et elle m'en aspergeait tout en-

tier, si bien que j'étais tout plein de sang. » Gísli déclame une vísa :

30.   *Je voyais une femme*
        Me lavant les cheveux
        Dans le sang rouge
        De mes blessures.
        Je voyais les mains
        De cette femme
        Rouge sombre
        Du sang de l'homme.

Et il déclame encore :

31.   *Je voyais une femme*
        Aux mains dégouttantes de sang
        Placer la coiffe ensanglantée
        Sur ma tignasse
        Aux cheveux ébouriffés.
        Ainsi m'éveilla
        La femme de rêve.

Alors, les rêves de Gísli acquirent une telle importance qu'il prit peur de l'obscurité ; il n'osait plus rester seul, et quand il fermait les yeux, la même femme lui apparaissait. Une nuit, il eut le sommeil extrêmement agité. Audr demanda quelle en était la cause. « J'ai rêvé, dit Gísli, que des hommes nous attaquaient. Il y avait Eyjólfr parmi eux, et beaucoup d'autres, et nous nous rencontrions et je savais qu'il y aurait combat entre nous. Il y en avait un qui allait en tête, en braillant, et je le coupais en deux par le milieu, et il me semblait qu'il avait une tête de loup. Alors, ils m'attaquèrent nombreux ; j'avais un bouclier à la main et je me défendis longtemps. » Gísli déclama alors une vísa :

32.   *J'ai vu mes ennemis*
        Porter les armes contre moi,
        Mais je ne me trouvai
        Pas tout de suite en danger de mort,
        J'étais seul contre tous
        J'abattais les hommes
        Et tes beaux bras
        Étaient rouges de mon sang vermeil.

Et il déclama encore :

33.   *Devant mon bouclier*
        Mes ennemis ne furent pas épargnés
        Par l'épée rugissante :
        Mon bouclier me protégea
        Des morsures de l'épée
        — Mon courage était indomptable —
        Jusqu'au moment où les meurtriers
        M'écrasèrent par le nombre.
        On entendait hurler les épées.

Et il déclama encore :

34.   *Seul, je vainquais*
        Avant que mes ennemis

Ne m'infligent des blessures.
J'ai rassasié le corbeau de charogne,
Sans difficulté, mon épée
Faisait voler les membres en morceaux.
Un homme tombait :
S'en augmentait ma gloire.

À présent l'automne s'écoule, mais les rêves ne diminuent pas ; au contraire, ils s'intensifient. Une nuit, Gísli dormit encore très mal. Audr demanda encore quelle en était la cause. Gísli déclama une vísa :

35. *J'ai vu le sang*
     Ruisseler de mes deux flancs.
     Ce sont de tels rêves
     Qu'il faut que j'endure.
     C'est ainsi, ô femme !
     Que je rêve quand je dors.
     Pour quelques-uns je suis fort coupable.
     Je suis prêt à la bataille.

Et il déclama encore une vísa :

36.   *Ô femme ! J'ai vu un homme*
     Me faire de son épée
     Si grande blessure
     Que du sang ruisselait tout le long de mon dos,
     De mon dos pourtant inflexible,
     Et mes ennemis me navraient tant

> Qu'il y avait peu d'espoir que je survive.
> Telle est ma pitié, ô femme !

Et encore, il déclama :

37.   *J'ai vu mes ennemis*
      Me trancher de l'épée
      Les deux mains.
      Grandes étaient mes blessures.
      En outre il me sembla
      Que ma tête était tranchée
      Sous le fil de l'épée.
      L'épée m'a mordu le crâne, ô femme !

Et il déclama encore une vísa :

38.   *J'ai vu dans mon sommeil*
      Une femme debout
      Pleurant sur moi,
      — ses yeux étaient noyés de larmes —
      Et l'excellente femme
      S'employait à panser mes blessures.
      Qui, crois-tu,
      Désignait ce rêve ?

CHAPITRE XXXIV

Gísli passe cet été-là à la maison, et tout est tranquille. Puis vient la dernière nuit d'été. On dit que Gísli ne pouvait pas dormir non plus qu'Audr et Gudrídr. Le vent avait tourné et il faisait très beau. Il y avait d'abondantes chutes de givre. Gísli déclara qu'il voulait quitter la maison et aller dans sa cachette au sud, en bas des falaises, pour voir s'il pourrait dormir. Ils y vont tous, et Audr et Gudrídr sont en tunique, et celles-ci laissent des traces dans la rosée. Gísli avait un morceau de bois. Il y grave des runes et les copeaux tombent sur le sol. Ils arrivent à la cachette. Il s'étend et veut voir s'il lui sera donné de dormir, et elles, veillent. Une torpeur le saisit, et il rêve que des oiseaux arrivent dans la pièce, par ruse. Ils sont plus grands que des ptarmigans mâles[111] et se conduisent horriblement ; ils se sont vautrés dans le sang. Alors, Audr demande ce qu'il a rêvé. « Eh bien ! c'étaient encore de mauvais rêves. » Gísli déclama une vísa :

39.   *Ô femme ! il m'a semblé*
        Que le silence s'était abattu sur moi
        Quand nous nous séparâmes
        — J'ai composé une vísa sur ce sujet —
        Et j'ai entendu deux ptarmigans
        Qui combattaient
        Avec grande férocité.
        Je vais être tué par les armes.

À ce moment-là, ils entendent un bruit de voix. C'est Eyjólfr qui est arrivé là avec quatorze hommes. Ils sont d'abord allés aux maisons et ils ont vu les traces dans la rosée qui leur ont indiqué le chemin. Quand Gísli et les siens aperçoivent les hommes, ils montent sur les falaises, là où il est le plus facile de se défendre ; Audr et Gudrídr ont toutes les deux un gros gourdin à la main. Eyjólfr et ses hommes attaquent d'en bas. Celui-ci dit alors à Gísli : « Il convient à présent que tu ne t'échappes plus et que tu ne te laisses plus chasser comme un couard, car tu es surnommé le grand héros. Il y a eu de longs intervalles entre nos rencontres, mais nous voudrions que celle-ci soit la dernière. » Gísli répond : « Attaque bravement, car je ne m'enfuirai plus. Tu es également tenu de m'attaquer le premier, car je t'ai offensé plus que le reste de ceux qui font partie de cette expédition-ci. — Je ne te laisserai pas décider du soin d'organiser mes troupes, dit Eyjólfr. — Il fallait s'attendre aussi, dit Gísli, à ce qu'un poltron comme toi n'osât pas faire assaut d'armes contre moi. » Eyjólfr dit alors à Helgi l'Espion : « Quelle renommée tu acquerrais si tu étais le premier à escalader les falaises pour attaquer Gísli ; on en parlerait fort longtemps. — Souvent j'ai éprouvé, dit Helgi, que tu préfères mettre les autres devant toi quand il y a quelque péril ; et puisque tu m'excites avec tant d'ardeur, j'attaquerai, mais toi, suis-moi vaillamment, et marche juste derrière moi si tu n'es pas tout à fait un lâche. » Helgi attaque donc, à l'endroit qui lui semble le plus propice. Il avait une grande hache à la main. Gísli était équipé de la sorte : il avait une grande hache à la main, était ceint de l'épée et avait le bouclier au côté. Il portait une coule grise qu'il avait sanglée d'une corde. Maintenant, Helgi prend le pas de course et grimpe sur la falaise pour attaquer Gísli. Celui-ci se tourne à sa rencontre, brandit l'épée, le frappe aux reins de telle sorte qu'il tranche l'homme en deux et que chaque moitié tombe en bas de la falaise. Eyjólfr parvient en haut à un autre endroit : c'est Audr qui s'avance contre lui, elle lui assène un coup de son gourdin sur la main de telle façon qu'il en est privé de force et qu'il tombe en bas à la renverse[112]. Alors, Gísli dit : « Il y a longtemps que je savais que j'étais bien marié, et pourtant je ne savais pas que j'étais aussi bien marié. Mais tu m'as rendu moins service que tu ne le voulais ou que tu ne le pensais, quoique l'attaque que tu as faite ait été bonne, car ils auraient tous les deux pris le même chemin[113]. »

CHAPITRE XXXV

Alors, deux hommes surviennent pour s'emparer d'Audr et de Gudrídr, et ils voient bien qu'ils ont fort à faire. Maintenant, ils attaquent Gísli à douze, et parviennent en haut de la falaise. Et il se défend à la fois en jetant des pierres et en faisant usage de ses armes, de telle sorte qu'il en acquiert grande renommée. Voilà un des compagnons d'Eyjólfr qui se rue à l'attaque et qui dit : « Abandonne-moi ces bonnes armes que tu portes, et ta femme Audr, tout ensemble. » Gísli répond : « Prends-les donc par la force, car elles ne sauraient te convenir, les armes qui m'ont appartenu, non plus que la femme. » Cet homme le frappe d'une lance. Mais Gísli frappe en échange et tranche le manche de la lance et le coup est si violent que la hache rebondit sur une pierre plate et que l'une des pointes se brise. Alors, il jette la hache, empoigne l'épée et combat avec elle, se protégeant de son bouclier.

Ils attaquent bravement à présent, mais il se défend bien et vaillamment. Ils attaquent ferme, tous ensemble. Gísli en tue encore deux ; il y a quatre morts maintenant. Eyjólfr leur ordonne d'attaquer virilement, « c'est dur, dit-il, mais ça n'a aucune importance, car vous serez bien récompensés pour la peine ». Mais au moment où ils s'y attendent le moins, Gísli bat en retraite et grimpe sur un rocher à pic qui s'appelle Einhamarr et est séparé de la falaise. Là, Gísli se retourne et se défend. Cela s'est passé tout à fait sans qu'ils y prennent garde ; leur affaire leur semble maintenant prendre une tournure difficile — quatre morts, et eux blessés et épuisés. Ils cessent d'attaquer un moment. Alors Eyjólfr encourage ferme ses hommes et leur promet de grandes distinctions s'ils atteignent Gísli. Eyjólfr avait emmené avec lui une troupe excellente, par la prouesse et la valeur.

CHAPITRE XXXVI

Il y avait un homme qui s'appelait Sveinn ; c'est le premier qui attaque Gísli. Celui-ci le frappe, lui fend les épaules jusqu'en bas et le fait voler à bas du rocher. Alors ils ne savent plus comment ils arriveront à tuer cet homme. Alors, Gísli dit à Eyjólfr : « Je voudrais que ces trois cents d'argent que tu as reçus pour prix de ma tête, tu les achètes cher, et je voudrais aussi que tu donnes encore trois cents d'argent pour que nous ne nous soyons jamais rencontrés. Puisses-tu recevoir grande honte pour une telle perte d'hommes. » Alors ils prennent conseil mais ne veulent abandonner pour rien au monde. Ils l'attaquent maintenant de deux côtés et Eyjólfr envoie en tête deux hommes, l'un qui s'appelle Thórir, et l'autre, Thórdr, parent d'Eyjólfr. C'étaient de rudes batailleurs. L'attaque est alors violente et ardente ; ils parviennent à lui faire quelques blessures à coups de lances, mais il se défend avec grand courage et vaillance. Ils ont maille à partir avec lui et reçoivent pierres et grands coups en sorte qu'il n'y en a aucun qui ne soit blessé de ceux qui l'attaquent, car les coups de Gísli ne manquent pas leur but. Eyjólfr et ses parents attaquent ferme ; ils voient qu'il y va de leur réputation et de leur honneur. Ils le frappent de leurs lances tellement que ses entrailles lui sortent du corps, mais il rassemble ses entrailles dans sa chemise et sangle celle-ci par en dessous avec la cordelière [de sa coule]. Alors Gísli dit qu'ils n'ont plus qu'à attendre un peu, « et vous aurez la conclusion que vous vouliez ». Alors il déclama cette vísa :

40.   *La belle femme*
       Qui réjouit mon cœur
       Entendra parler de l'attaque audacieuse
       Qu'a subie son vaillant ami.
       Je suis tombé
       Inébranlable devant l'épée.
       Mon père m'a légué
       Telle endurance.

Telle est la dernière vísa de Gísli. Et au moment même où il a terminé de déclamer sa vísa, il saute en bas du rocher, assène un grand coup de son épée sur la tête de Thórdr, parent d'Eyjólfr, et le pourfend jusqu'à la ceinture. Il s'abat sur lui et rend immédiatement l'esprit. Tous les compagnons d'Eyjólfr étaient fort blessés. Gísli y perd la vie avec tant de blessures, et de si grandes, que cela parut merveille. Ils ont dit que jamais il ne recula et qu'ils ne virent pas que ses derniers coups aient été moins forts que les premiers. Là se termina la vie de Gísli et c'est l'avis de tous qu'il fut le plus grand des héros bien qu'il n'ait pas été favorisé par la fortune en toute chose. À présent ils le tirent en bas des rochers, lui prennent son épée, l'ensevelissent[114] sous un tas de pierres et descendent jusqu'à la mer. Alors, au bord de la mer, mourut le sixième homme. Eyjólfr offrit à Audr de venir avec lui, mais elle ne voulut pas. Après cela, Eyjólfr et les siens s'en vont chez eux dans l'Otradalr, et cette nuit même mourut le septième homme, et le huitième resta couché, blessé, pendant douze mois, et mourut. Ceux qui étaient blessés ne recouvrèrent jamais la santé, et en reçurent en outre déshonneur. Et tout le monde dit que jamais défense plus vaillante n'a été faite par un seul homme, autant qu'on le sache en vérité.

CHAPITRE XXXVII

Eyjólfr s'en va alors de chez lui avec onze hommes, au sud, pour aller voir Börkr le Gros, lui dit cette nouvelle et toutes les circonstances. Börkr s'en réjouit et prie Thórdís de faire bon accueil à Eyjólfr « et rappelle-toi le grand amour que tu vouais à Thorgrímr, mon frère, et conduis-toi bien envers Eyjólfr. — Je dois pleurer Gísli, mon frère, dit Thórdís, et est-ce que ce ne sera pas faire bon accueil au meurtrier de Gísli que de lui faire et de lui offrir du gruau[115] ? » Le soir, quand elle apporta la nourriture, elle laissa tomber le plateau avec les cuillers. Eyjólfr avait posé l'épée qui avait appartenu à Gísli entre la cloison et ses pieds. Thórdís reconnaît l'épée, et quand elle se penche pour ramasser les cuillers, elle saisit l'épée par la poignée, frappe Eyjólfr et veut l'en transpercer. Mais elle n'avait pas remarqué que la garde était tournée vers le haut, et celle-ci se prit dans le rebord de la table. Elle toucha donc plus bas qu'elle n'avait voulu. Le coup l'atteignit à la cuisse et ce fut une grande blessure. Börkr s'empare de Thórdís et lui arrache l'épée. Tous se lèvent d'un bond et rejettent tables et nourriture. Börkr offrit à Eyjólfr de juger seul[116] sur cela, et il imposa compensation complète disant qu'il aurait imposé plus encore si Börkr s'était conduit moins bien. Alors, Thórdís prit des témoins et se déclara séparée de Börkr et proclama que jamais plus elle ne retournerait dans son lit. Et c'est ce qu'elle fit. Elle s'en alla habiter à Thórdísarstadir, vers la côte, à Eyrr. Börkr resta à Helgafell jusqu'à ce que Snorri le Godi l'en chasse ; il s'en alla alors demeurer à Glerárskógar. Quant à Eyjólfr, il retourna chez lui, fort mécontent de son voyage.

CHAPITRE XXXVIII

Les fils de Vésteinn allèrent chez Gestr, leur parent, et le pressèrent de les envoyer à l'étranger avec leurs biens, et avec Gunnhildr, leur mère, et Audr, que Gísli avait épousée, et Gudrídr Ingjaldsdóttir et Geirmundr, son frère. Ils partirent tous de Hvitá : Gestr les envoya à l'étranger avec leurs biens. Ils furent peu de temps en mer et arrivèrent en Norvège. Bergr s'en va par les rues pour trouver un logement dans la ville marchande, et deux hommes l'accompagnent. Ils rencontrent deux hommes dont l'un, qui était jeune et de grande taille, était en habits écarlates. Celui-ci demande à Bergr comment il se nomme. Il dit toute la vérité sur son nom et sur ses origines, pensant que le renom de son père lui serait utile et non qu'il lui porterait préjudice. Mais celui qui était en habits écarlates brandit son épée et assena à Bergr un coup mortel. C'était Ari Súrsson, le frère de Gísli et de Thorkell. Les compagnons de Bergr allèrent au bateau et dirent cette nouvelle. Le capitaine du bateau les aida à s'échapper et Helgi prit un passage pour le Groenland. Il y parvint, y grandit et fut tenu pour un vaillant homme. On envoya des hommes pour le tuer, mais cela ne leur fut pas accordé par le sort. Helgi coula alors qu'il était à la pêche, et l'on considéra que c'était une grande perte. Audr et Gunnhildr allèrent jusqu'au Danemark, à Heidaboer, s'y convertirent au christianisme, allèrent en pèlerinage au sud et ne revinrent pas. Geirmundr resta en Norvège, se maria et prospéra. Sa sœur, Gudrídr, fut mariée. Elle avait la réputation d'une femme intelligente, et sa descendance est nombreuse. Ari Súrsson alla en Islande. Il arriva à Hvitá, vendit son bateau, acheta de la terre à Hamarr et y habita quelques hivers. Par la suite il habita à Mýrar. Sa descendance est illustre.

Nous terminons ici la saga de Gísli Súrsson.

NOTES

1. Hákon, fils adoptif du roi d'Angleterre Athelstane, régna sur la Norvège de 933 ou 935 à 960 environ, après de sanglants démêlés avec son frère Eiríkr à la hache sanglante.

2. Le *hersir* était une sorte de chef en Norvège.

3. Cette précision n'est pas aussi superflue qu'il y paraît. La coutume, chez les anciens Scandinaves, était de faire élever ses enfants par quelqu'un d'autre : un parent, un ami, ou simplement une personne que l'on voulait honorer.

4. Nordmoerr est en Norvège, de même que le fjord Fibuli, aujourd'hui appelé Aarvaagfjorden.

5. Les esclaves étaient le plus souvent des prisonniers faits au cours de raids vikings. Leur condition n'avait rien à voir avec celle de leurs homologues en Europe occidentale. Ils étaient déchus des droits civiques, mais pouvaient aisément s'affranchir.

6. On appelle ainsi les guerriers-fauves, clairement rattachés à l'idéologie odinique, qui entraient dans une sorte de fureur sacrée et se rendaient alors capables des plus invraisemblables exploits. Leur nom peut signifier qu'ils se battaient à découvert (sans chemise), mais, plus vraisemblablement, qu'ils étaient doués de la force d'un ours dont ils portaient la peau en guise d'armure (chemise d'ours).

7. Voilà un des meilleurs exemples de tradition vénérable en Islande. Le nom de l'épée vient probablement de *grár* (gris), couleur conventionnellement attribuée au fer et à l'acier dans les *kenningar* (métaphores) des scaldes. *Grásída* signifierait alors : aux flancs gris. L'arme qui porte ce nom — tantôt épée, tantôt lance — se retrouve dans maintes sagas. On lui attribuait des propriétés merveilleuses, comme le dit précisément notre texte ; il était d'ailleurs très fréquent de donner un nom aux armes et de faire intervenir des sorciers pour présider à leur fabrication.

8. L'île Freid, en Norvège.

9. Cette répétition se trouve bien dans le texte. Le procédé est autorisé pour conclure à la grande antiquité de ce passage.

10. Hólmgöngu-Skeggi signifierait proprement : Skeggi le Duelliste-qui-va-dans-l'îlot.

11. Cette « loi du duel » concernait sans doute le choix des armes, la délimitation du terrain — par des rameaux de coudrier, et probablement selon des rites sacrés, d'autant que l'on faisait ordinairement précéder le duel par un sacrifice d'animaux aux dieux —, et surtout le taux des amendes qu'aurait à payer le vaincu s'il n'était pas tué, ce qui sera le cas ici. Il arrivait que le duel se terminât au premier sang ; il était assez rare qu'il fût un combat à outrance. En cas de blessures, il fallait que le vaincu payât une compensation pour se racheter et conserver sa condition d'homme libre. Les différents taux de compensation étaient minutieusement consignés par le droit coutumier de l'époque. On pense qu'il fallait un marc et demi d'or pour se racheter et rester homme libre.

12. La coutume évoquée ici est l'une des plus curieuses et des plus passionnantes du monde antique. Elle évoque assez bien les « épigrammes » de la Grèce archaïque : il s'agit de tuer par le ridicule.

13. Les domestiques auront à faire un tertre pour enterrer le cadavre de Skeggi ; on admirera au passage le laconisme du langage.

14. La précision n'est pas inutile. Il arrivait souvent que, dans ce genre de combats singuliers, les combattants s'adjoignent un aide, dont le rôle était précisément de protéger le duelliste par un bouclier. Si c'était un honneur que de tenir le bouclier devant quelqu'un, c'était un signe de grande bravoure que de se passer de ce service.

15. Encore une épée qui porte un nom. *Gunnlogi* peut signifier « flamme *(logi)* de la bataille *(gunnr)* ».

16. Voir la fin de la note 11.

17. Ce genre de brimades n'était pas exceptionnel : les sagas islandaises donnent de très nombreux exemples du procédé.

18. Le *sýra* était un petit-lait aigre que l'on conservait et que l'on buvait en lieu et place de bière, boisson chère et rare. Les Islandais modernes n'en ont pas perdu l'usage : le *súrmjólk* d'aujourd'hui, sorte de yaourt en plus aigre et en plus liquide, reste une de leurs boissons favorites.

19. Les îles Asen, en Norvège.

20. De tous les personnages dont il est question dans ces chapitres, seuls Thorbjörn Súrr et ses fils semblent avoir existé réellement, et sont attestés par d'autres sources dont le *Livre de la colonisation de l'Islande*.

21. L'action se déroule maintenant en Islande. Le Dýrafjördr se trouve au nord-ouest de l'île, entre l'Arnarfjördr et l'Önundarfjördr, dont il sera d'ailleurs question dans la saga. On ne s'étonnera pas de la durée de la traversée : si elle ne compte pas parmi les plus courtes, elle n'est pas excessivement longue. On se rappellera que les vikings naviguaient sans boussole, à la merci des vents et des courants, et que les mers qui entourent l'Islande sont particulièrement dangereuses.

22. Forme abrégée pour *Haukadalsáróss*, « embouchure de la rivière du Haukadalr » (qui signifie lui-même, soit « val du Faucon », soit « val du dénommé Haukr »).

23. Exemple de surnom éclipsant le nom : les enfants de Thorbjörn ne s'appelleront pas, comme il serait normal, Gísli, Ari ou Thorkell Thorbjarnarson, mais *Súrsson*, fils de Súrr. Quant au surnom lui-même, l'explication qu'en donne le texte est sujette à caution. Le surnom de Súrr a dû être donné à Thorbjörn à cause de ses origines : il vient du Súrnadalr. C'est d'autant plus probable, que ce surnom ne lui a été donné qu'une fois arrivé en Islande. L'explication qu'en donne l'auteur de la saga, dans la ligne suivante, est fantaisiste. Comme bien souvent, les auteurs de sagas, férus d'étymologies populaires, s'efforcent de justifier les surnoms ou noms de lieux qu'ils n'entendent pas.

24. C'est Ánn au manteau rouge qui est frère d'Oddr l'Archer (Orvadr-Oddr), personnage extrêmement célèbre en Islande, à qui est consacrée toute une saga ; mais c'est une des plus extravagantes de toutes les sagas mythico-héroïques islandaises.

25. De cette coutume, on va trouver de nombreux exemples dans la suite du texte, puisque notre saga est particulièrement sanglante. On couchait le mort dans une sorte de tumulus (*haugr*). Il était vêtu d'une certaine façon, souvent couché dans un bateau en souvenir de ses exploits de viking, et accompagné de la plupart des objets précieux ou des animaux chers qui lui avaient appartenu.

26. Fils de Thorbjörn Súrr et frère de Gísli.

27. Le *thing* est sans doute l'une des institutions les plus originales du monde germanique ancien. C'est l'assemblée des hommes libres, réunie à périodes fixes ou sur convocation du roi, pour trancher des affaires de l'État, modifier ou instituer les lois, juger les causes pendantes, etc. La liberté de parole y était absolue. En principe, le roi ne pouvait

agir, dans les grandes occasions, sans avoir préalablement pris l'avis de ce genre d'assemblée.

28. Le *thing* des gens du Dýrafjördr, non celui de Thórsnes. On sait que les *things* régionaux avaient lieu dans les divers districts de l'Islande, pour y faire connaître les décisions prises au *thing* général (*althing*) de Thingvellir, et pour connaître des affaires qui ne nécessitaient pas l'intervention de la cour suprême (*lögrétta*).

29. Nous avons traduit *gardr* par « enclos ». C'est l'enceinte, généralement faite de pieux de bois reliés par des mottes de terre et des pierres, qui délimitait à proprement parler la maison : ensemble des bâtisses de la ferme, et *tún* ou pré domestique. Le *gardr* était une manière d'enceinte sacrée : enfermer deux domaines dans un seul *gardr* était sûrement la plus grande marque possible d'affection.

30. Le *godord* est une subdivision administrative qui tire son nom de son chef, le *godi*, autorité religieuse et politique. Les limites d'un *godord* ne sont pas géographiques. Chaque homme choisit son *godi* à sa guise ; ce faisant, il manifeste son allégeance à ce *godi* et devient son *thingmadr* : il remet ses procès entre ses mains, mais s'engage à l'assister en toutes choses.

31. Les gens du Haukadalr sont les mêmes que les gens du Súrnadalr. Le premier terme se réfère à l'Islande, le second aux origines norvégiennes.

32. On appelle ces bandes de gazon des *jardarmen*, ou colliers de terre. On comprend qu'il s'agit de faire une sorte de pont très bas, constitué de deux longues bandes de terre recouverte de gazon, se rejoignant en haut.

33. La façon de compter des anciens Germains est des plus compliquées. L'unité est ici le « cent », qui compte cent vingt aunes de vadmel, tissu que filaient les Islandais avec la laine de leurs moutons. Quatre cents de bois représentent donc la valeur en bois de quatre cent quatre-vingts

aunes de vadmel. Avant 1200, l'aune islandaise mesurait 15,5 centimètres. Après 1200, elle fut doublée : 33 centimètres. À l'époque qui nous concerne, 480 aunes représentaient donc 74 mètres et 40 centimètres de vadmel.

34. Il y a quelque incohérence dans le texte. Thorgrímr ne pouvait pas avoir de fils en état de faire la commission en question, pour la très simple raison qu'il ne pouvait guère avoir lui-même plus de vingt-cinq ans à ce moment.

35. Thorgrímr réveille le Norvégien avant de le tuer, car on ne tuait pas un homme endormi. C'était un *mórd*, un assassinat honteux, si honteux que son auteur était mis immédiatement hors la loi.

36. Respectivement val du Petit-Déjeuner et chute des Norvégiens. Tous les auteurs de sagas montrent une grande curiosité pour la toponymie et s'efforcent de la justifier par des raisons historiques.

37. Par serment d'allégeance, selon la coutume de l'époque. Ce serment, qui n'était guère contraignant, le deviendra plus tard, quand les rois de Norvège manifesteront des prétentions sur l'Islande.

38. Probablement Bjálfi le Barbu.

39. C'est l'actuelle Viborg.

40. Ce genre d'association était très fréquent : on s'associait pour acheter un bateau ou sa cargaison, et l'on répartissait ensuite les bénéfices.

41. Une once vaut le huitième d'un marc.

42. Il faut comprendre que la demeure est bâtie sur une pente, et qu'un côté est plus élevé que l'autre. La pièce où se trouvent les deux femmes est située du côté du fjord.

43. Il s'agit d'une coutume qui, paraît-il, demeure vivace en Islande : quand une femme coud une chemise pour un jeune homme, c'est qu'elle veut lui signifier son amour.

Audr plaisante donc Ásgerdr sur l'amour qu'elle porterait à Vésteinn.

44. Cette insinuation perfide et bien féminine est fort douteuse. Audr et Thorgrímr habitaient très loin l'un de l'autre à l'époque où ils auraient pu se voir « fort souvent ».

45. Le mariage islandais était autant, et plus souvent, une affaire d'argent qu'une liaison amoureuse. Toute femme qui se mariait apportait, bien entendu, une dot *(heimanfyljia)*, qui consistait en biens meubles, en argent, en terres surtout, et, plus encore, en assistance familiale : entrer dans une famille signifiait avoir toute cette famille à ses côtés en cas de procès. Le marié apportait à sa femme un douaire *(mundr)*, qui consistait surtout en argent et en biens meubles, et demeurait la propriété inaliénable de la femme, de même que sa dot. Si le douaire n'était pas payé, le mariage n'était pas légal, et les enfants conçus de cette union n'étaient pas légitimes. Le montant minimum du douaire, qui était d'un marc (un peu plus en Norvège : douze onces), était appelé : douaire du pauvre. En cas de divorce ou de séparation, la femme pouvait reprendre douaire et dot, comme Ásgerdr en fait la menace ici.

46. Selon le *Grágás*, le code civil de l'Islande ancienne, une femme et son mari étaient légalement séparés s'ils restaient trois ans sans partager le même lit. Le divorce était chose courante en Islande : il suffisait à la femme de prendre des témoins de la raison pour laquelle elle se proclamait séparée de son mari. La formule rituelle était : « Je ne reviendrai plus dans ton lit. »

47. C'étaient quatre jours à la file, à la fin du printemps, fin mai probablement, où l'on avait le droit de déménager, où les bannis devaient changer de résidence, où les acheteurs entraient dans leurs nouvelles possessions. Par la suite, il y en eut quatre autres à la fin de l'automne, en octobre. Ces coutumes subsistent toujours en Islande.

48. Le mot *ómegd* désigne l'ensemble des personnes qui sont à la charge d'un propriétaire libre (*bóndi*) : impotents, vieillards, indigents, vagabonds et mineurs. La législation de l'ancienne Islande en prenait grand soin, et ce curieux pays possédait déjà au Xe siècle un système collectiviste de sécurité sociale.

49. Ce sont les trois nuits — les anciens Islandais ne comptent ni par jours, ni par années, mais par nuits et par hivers — par lesquelles commence officiellement l'hiver : aujourd'hui, sans doute, les 24, 25 et 26 octobre. On marquait ces dates par des banquets et des sacrifices aux dieux, comme il est dit dans notre saga.

50. Si l'on doutait de la présence, à la rédaction de cette saga, d'une main catholique, on en aurait ici une excellente preuve. Doit-on soupçonner Gísli de s'être converti au christianisme lors de son voyage à l'est ?

51. Dans toutes les sagas interviennent des sorciers, magiciens, devins, etc. La force de leurs charmes et la crainte dans laquelle on les tenait, bien que la loi les condamnât sévèrement, comme on le verra chap. xix, sont attestées partout.

52. Il n'était pas impossible que ces incrustations aient été des runes, auxquelles, on le sait, étaient attribués des pouvoirs magiques.

53. C'est-à-dire que tous deux portaient le même nom. *Bandvettir* signifierait « mitaines », et le nom unique des chevaux indiquerait qu'ils ont toujours été élevés ensemble.

54. Les plus rapides des fjords de la côte ouest : Arnarfjördr, Önundarfjördr et Dýrafjördr.

55. On appréciera la tourmure poétique de l'expression. Vésteinn veut dire qu'il n'y a pas de raison de revenir, car maintenant qu'il a revu le Dýrafjördr, avec tout ce que cela entraîne de sentiment et de nostalgie, il ne se sent pas le courage de revenir en arrière. Noter l'allure fatidique de la

réflexion : c'est aussi le destin qui guide Vésteinn et lui souffle de ne pas revenir en arrière.

56. Le texte dit que Vésteinn chevauche *vid hrynjandi*, « avec des clochettes accrochées au cou de son cheval », afin de signaler son passage, précaution qui n'est pas inutile dans un pays de brouillards.

57. L'amour des Islandais pour les belles tapisseries est attesté dans toutes les sagas. L'ameublement de leurs maisons était des plus sommaires : quelques coffres, des bancs, deux sièges sculptés (les hauts-sièges), c'est tout ; d'où le soin qu'ils prenaient de couvrir les cloisons de jolies tapisseries.

58. L'amour des belles Islandaises des temps anciens pour les coiffes somptueuses est attesté par de nombreuses sources. C'étaient des monuments — celle-ci mesure près de trois mètres de long ! —, que l'on ne portait qu'aux grands jours, et qui, vraisemblablement, devaient comporter une traîne.

59. Voici l'introduction du grand thème de la saga, qui lui confère son caractère exceptionnel et romantique : les rêves de Gísli, qui le minent à petit feu. Dans cette saga, ils mènent toute la deuxième partie. Ils acheminent Gísli vers sa mort, et leur importance symbolique est considérable. Dans les deux « femmes de rêves » que chante Gísli, l'on a pu voir l'incarnation des deux conceptions qui se déchiraient son âme : la païenne et la chrétienne.

60. Le phénomène qui accompagne ce genre de tempêtes est, paraît-il, très fréquent aujourd'hui encore dans le nord-ouest de l'île. On le nomme *ofanskvettur*. C'est une des meilleures preuves de la véracité de l'histoire qui nous est contée.

61. Le sol des intérieurs islandais était constitué de terre battue, que recouvrait en partie un plancher (*gólf*), lui-même surmonté, à l'un des bouts de la pièce, d'une sorte d'estrade.

62. Voici quelques détails sur la façon d'ensevelir les hommes au Xe siècle (« selon les coutumes de ce temps-là ») : d'abord, il fallait boucher les narines du mort, probablement pour empêcher son esprit de s'enfuir et de revenir ensuite hanter les lieux. Il est probable que l'on fermait également les yeux, mais ce n'est pas sûr — ce serait plutôt une coutume chrétienne ; il fallait encore couper les ongles du mort : sans cela, ils servaient à confectionner le terrible navire Naglfar qui emporterait les dieux en enfer à la fin du monde (voir l'*Edda*). Il est probable que le cadavre était lavé et enveloppé de lin blanc, mais il peut s'agir là de coutumes chrétiennes.

63. Le texte dit *bolöx*, une cognée à fendre le bois : arme redoutable, préférable à la hache de guerre normale, plus petite.

64. On tient ici une précieuse indication sur une intéressante coutume païenne. Un manuscrit précise : « On disait alors qu'un homme devait aller à Hel [l'enfer scandinave, régi par la sinistre déesse Hel] quand il était mort ; pour cette raison, on disait que l'homme devait se préparer à aller à Hel : il fallait qu'il se vêtît bien, quand il partait. » La *Saga de Gísli Súrsson*, seul document que nous possédions sur les chaussures de Hel, rappelle là, à n'en pas douter, des coutumes extrêmement anciennes. Quant à la *Valhöll* (Walhalla), c'était l'espèce de paradis promis aux guerriers scandinaves morts au combat. Ils y buvaient, s'y battaient à longueur de journée, se relevaient le soir de leurs blessures et savouraient la viande d'un sanglier tout en buvant l'hydromel.

65. Le proverbe textuel est : « C'est avec soi-même que chacun doit voyager le plus longtemps. » On dirait aujourd'hui : « Charité bien ordonnée commence par soi-même. » L'amour des auteurs de sagas pour les anciens proverbes ne se dément jamais. On en trouvera d'autres exemples dans la suite du texte.

66. Les Islandais étaient de grands sportifs. Ils aimaient exercer leur force physique. Ils pratiquaient le patinage, le tir à l'arc, un exercice qui consistait à s'asseoir sur le sol et à se relever séance tenante sans l'aide des mains, le lancement du javelot ; ils s'exerçaient à soulever d'énormes pierres et à les lancer, se battaient en duel, skiaient. Les divertissements les plus prisés étaient : les combats de chevaux ; la natation, au cours de laquelle il fallait essayer de faire couler l'adversaire ; enfin et surtout, ce dont il est question ici, le *knattleikr*. Les joueurs y disposaient d'une longue batte de bois, avec laquelle ils s'efforçaient de pousser une balle, de cuir probablement, jusqu'au but du camp adverse. Ce jeu, fort violent, se déroulait volontiers sur la glace.

67. La coutume était, quelque temps après le décès, de boire en l'honneur du mort (*drekka erfi*).

68. Le lac des Joncs. C'est un tout petit lac, comme il y en a de nombreux en Islande.

69. Cet Eyjólfr, l'un des principaux protagonistes du drame à venir, était fils de Thórdr le Braillard qui participa à la colonisation du Breidafjördr. Il fut un grand chef, et apparaît dans nombre d'autres textes, en particulier dans la *Saga de Snorri le Godi*.

70. C'est probablement à cause de leur grand poids (qu'on se rappelle leur longueur) que Geirmundr jette les tapisseries à terre : il y a là une façon indirecte de souligner la force physique étonnante de Gísli, lui qui les a portées tout seul depuis Hóll jusqu'à Saeból.

71. La *skáli* est la pièce principale des anciennes demeures islandaises, tout à la fois salle de réception, salle à manger, endroit de réunion et chambre à coucher — des *rúm*, places pour dormir, et des lits clos étant disposés tout le long des parois.

72. Les Islandais, ceux qui n'avaient pas la conscience tranquille surtout, dormaient dans des lits clos de l'intérieur, et clos par de fortes planches.

73. La saga est ici en parfaite contradiction avec elle-même : comment Gísli a-t-il pu repartir par l'écurie, puisqu'il s'est arrangé en venant pour que l'on ne puisse plus y passer, « même de l'intérieur » ? et à quoi sert alors l'étrange besogne — lier ensemble les queues des vaches — à laquelle il s'est livré ? Ou bien il s'agit, ici, de placer une tradition obscure, et l'auteur n'est pas parvenu à s'en tirer honnêtement ; ou bien il y a une interpolation, mais sur la nature de laquelle on ne sait rien.

74. Une coutume fort ancienne consistait à inhumer les anciens vikings dans un bateau, peut-être pour leur rendre plus facile la traversée des humides régions de Hel.

75. Le *sejdr* avait pour fonction première de dévoiler le *destin* des lieux et des hommes. Selon une perspective assez clairement chamaniste, la voyante cherchait à se mettre en relation avec l'autre monde, ou monde des esprits, pour en obtenir les renseignements souhaités. L'allure extatique des pratiques est ici évidente.

76. Le mot « diableries » rend un son chrétien dans la traduction, que ne comporte pas le texte original. Le français manque de mots pour qualifier la chose ; l'islandais dit *skelmiskapr* (de *skelmir*, esprit mauvais).

77. Ce personnage, l'un des plus célèbres de l'Islande primitive, dispose de toute une saga, l'une des plus grandes et des plus célèbres : la *Saga de Snorri le Godi (Eyrbyggja Saga)*. C'est un personnage de dimensions extraordinaires, une des plus fascinantes figures d'arriviste que nous connaissions. Il est intéressant de voir ici qu'il est le fils posthume de Thorgrímr, et donc quelque peu apparenté à Gísli.

78. Encore une fois, la *vísa*, dans le texte originel, est tout en clair-obscur, ce qui est impossible à rendre dans la traduction. Il faut comprendre qu'une *vísa* exigeait toujours un examen attentif et patient de son contenu.

79. On a d'autres exemples de pratiques de ce genre. Que les sorciers eussent le pouvoir de commander au temps et aux éléments, c'est ce croyaient fermement les Islandais.

80. Cette conduite peut paraître surprenante : mais on va voir quel est le sort réservé aux sorciers pris en flagrant délit de maléfices. Thorsteinn ne peut espérer de salut que dans la fuite.

81. Notre texte dit simplement : une peau ; c'est un autre manuscrit qui précise : une peau de veau. Cette peau était destinée à protéger ceux qui exécutaient un sorcier du mauvais œil de celui-ci.

82. En fait, le texte se met encore une fois en contradiction avec lui-même puisqu'il précise, dans le même chapitre, qu'il s'en va à Hvammr : on nous dira que Thorkell n'est pas allé là où Börkr a déménagé, mais dans la Bardarströnd.

83. Il est très probable qu'un des copistes de la saga a omis ici toute une phrase. Il n'y a pas de lien logique, en effet, entre les deux réflexions successives de Börkr.

84. Embouchure de la rivière des Sables.

85. Il y a ici une allusion qui atteste l'érudition de l'auteur de la saga, ou celle de Gísli lui-même. Gudrún est l'un des principaux personnages du cycle des *Völsungar* (des *Nibelungen*, en allemand), qui fit en effet tuer son mari pour venger ses frères.

86. Ces jours, les seuls de l'année pendant lesquels on avait le droit d'assigner en justice ceux contre qui on estimait avoir quelque procès à régler, devaient prendre place au plus tard deux semaines avant l'ouverture du *thing*. Le plaignant venait avec une escorte jusqu'au domicile légal de celui qu'il accusait, et prenait des témoins de ce qu'il imputait à son adversaire tel et tel grief ; faute de l'avoir fait, il ne pouvait intenter de procès. On admirera au passage la scrupuleuse minutie de l'appareil judiciaire de ce temps.

87. Le texte dit : jette du vadmel. C'était, si l'on ose dire, le tissu national, puisqu'il servait même d'unité monétaire.

88. On appelle *stofa* toute pièce de la maison islandaise qui n'est ni la *skáli* (salle commune), ni la cuisine, ni la

salle de bains. C'était habituellement la pièce qui servait de chambre à coucher aux femmes, les hommes dormant dans la *skáli*.

89. C'est-à-dire dans le Haukadalr. La région était fort boisée, notre saga l'atteste à diverses reprises. Qu'on n'aille toutefois pas s'abuser sur le sens de la chose. Il est probable que l'Islande n'a jamais connu de véritable forêt. Il s'agissait tout au plus de bois, où les arbres, pour nombreux qu'ils aient pu être, ne dépassaient pas une taille moyenne ; ceci en raison, probablement, du vent qui bat l'île en toute saison.

90. Le texte n'est pas sûr. Il est probable que tout le début du chapitre xx a été, soit interpolé, soit rajouté après coup, et que, de toute manière, il n'est pas à sa place normale. « Il demande conseil à Thorkell [...] » (p. 61, 5ᵉ ligne en bas de page) est la suite normale de la dernière phrase du chapitre XIX : « [...] que Börkr est arrivé de l'ouest. »

91. À l'égard d'un condamné, trois sentences sont possibles. La première, la plus bénigne, consiste à imposer des amendes en argent ou en espèces. Pour les délits plus graves, la peine de mort n'existant pas, la loi prévoit deux sentences. Le bannissement oblige le condamné à s'exiler de l'Islande pour trois ans, après lesquels il peut rentrer « blanchi » au pays. Il a un délai de trois ans pour se trouver un passage sur un bateau en partance pour l'étranger, et doit pendant ces trois années résider en trois endroits différents, éloignés l'un de l'autre d'une journée de marche au maximum. Tant qu'il est, pour cette durée de trois ans, dans l'une de ces trois résidences, ou sur l'un des chemins qui mènent de l'une à l'autre, il est intouchable. La proscription, elle, est une sentence terrible. Le proscrit n'a plus le droit d'habiter nulle part, hormis dans les forêts, d'où son nom de *skógarmadr* (homme des bois. La dénomination, par son nom même, implique une origine norvégienne puisqu'il n'y avait probablement pas de forêts en

Islande). Quiconque le rencontre peut le tuer sur place impunément. Est punissable sévèrement quiconque l'héberge, lui porte secours (nourriture, habits, etc.) ou l'assiste de quelque façon que ce soit. Nul n'a le droit de lui offrir un passage sur son bateau. Dans un sens, cette sentence est pire que la mort. Les sagas islandaises nous offrent au moins deux exemples de la condition tragique des proscrits : celui-ci, et la *Saga de Grettir*, lequel vécut encore plus longtemps que Gísli en proscription, et finit lui aussi par succomber sous les coups de ses tenaces ennemis. Si l'on ajoute que la loi prévoyait qu'un proscrit pouvait se relever de sa proscription à condition qu'il tuât de sa main trois autres proscrits, on verra qu'il ne pouvait même pas espérer trouver du secours auprès de ses compagnons d'infortune. Gísli toutefois supporte son sort avec grande vaillance et force d'âme, et ce sont ses rêves, en fait, qui le mèneront à la mort.

92. C'est ici l'auteur qui intervient dans la saga : fait très rare et toujours remarquable. Il insiste sur le thème central : c'est le destin qui conduit le bal.

93. Il y avait trois sortes d'argent à l'époque : le *lögsilfr*, ou argent selon la loi, argent-étalon, dirions-nous ; le *gangsilfr*, ou argent courant ; et le *brenntsilfr*, ou argent brûlé, c'est-à-dire plus raffiné, mieux épuré que les autres, de la meilleure espèce, donc. Pourtant, il existait encore du *skírtsilfr*, argent pur, et, en bas de l'échelle, du *blásilfr*, ou argent bleu, très peu épuré.

94. Cette autre intervention de l'auteur a son importance. On verra bientôt, en effet, que Gísli prévoit tout ce qui doit lui arriver par les interprétations qu'il fait de ses rêves.

95. Voir la *Saga de Grettir*. Celui-ci resta proscrit dix-neuf ans, et ne succomba que par une maladie contractée sous l'effet des maléfices d'une sorcière. Il s'était, lui, réfugié dans un îlot imprenable au large de l'Eyjafjördr, dans le nord : l'îlot de Drangey.

96. On est surpris des étranges résonances chrétiennes de cette seconde partie de la *vísa*. De tels sentiments étaient tout à fait étrangers aux Scandinaves païens : on comparera, si l'on veut s'en assurer, avec les préceptes contenus dans les *Hávamál*, sorte de code éthique germanique ancien.

97. Gísli se trouve au fond du Geirthjófsfjördr, Eyjólfr habite dans l'Otradalr : à moins d'une dizaine de kilomètres, faciles à parcourir en barque à travers le fjord.

98. C'est-à-dire trois cent soixante aunes de vadmel.

99. Dans la Bardarströnd. À proprement parler, *vadill* désigne des fonds de fjords ou des rivages que la mer recouvre si peu qu'on y passe à cheval sans peine. Il s'en trouve partout en Islande.

100. Lorsqu'on allait chez quelqu'un, le pas significatif consistait à franchir le *gardr* et à pénétrer dans le *tún* (voir n. 29). Ensuite, comme il est dit ici, on devait frapper aux portes (toujours au pluriel, les portes étant toujours à deux battants). Quelqu'un venait demander qui était là, selon un rituel jamais démenti. Alors, une fois l'identité du visiteur connue, le maître ou la maîtresse de maison pouvait agir de trois façons : ou bien refuser de se lever et d'aller au-devant du visiteur, ou bien se lever et aller sur le seuil, ou bien se lever et sortir carrément de la pièce. Ainsi se manifestait le degré d'estime que l'on accordait à l'hôte de passage. Les Islandais étaient — et sont toujours — extrêmement sensibles à ces marques protocolaires de distinction. L'attitude de Thorkell est donc franchement odieuse : il ne veut pas voir son frère.

101. La mesure appelée *vaett* équivaut à quatre-vingts livres.

102. C'est par confusion avec d'autres créatures merveilleuses de la mythologie scandinave (elfes, par exemple) que l'on a fait des trolls de petits gnomes, l'équivalent de nos nains. Le sens propre en scandinave ancien est, au

contraire, géant, créature monstrueuse, Titan. Le *troll* est généralement maléfique, mais pas nécessairement ; on connaît de bons trolls. On en a donc une bonne illustration dans le texte. Par la suite, les trolls seront des créatures malicieuses, possédées du démon, loups-garous, vampires et autres.

103. C'est sûrement l'une des plus belles et des plus nobles reparties que l'on puisse trouver dans toute la littérature de sagas. Le sens en est clair : je suis vieux et pauvre, et je ne me soucie guère de mourir.

104. Refr et sa femme nous sont totalement inconnus par ailleurs. On notera que le substantif commun *refr* signifie « renard » !

105. Voici évidemment un vieux proverbe, qui se retrouve en islandais actuel sous la forme : *Thad tekur ekki af sleini*, ce n'est pas en une fois que l'eau enlève la pierre, il pleut sans arrêt.

106. Le texte dit que Gísli n'était pas *gaefumadr*. C'est là une des notions les plus importantes dans les sagas. La *gaefa*, c'est l'espèce de bonne fortune (nous dirions « bonne étoile ») qui s'attache personnellement à un homme, indépendamment des dieux et de ses dons propres. Les Islandais avaient — et ont toujours — la plus ferme confiance en cette sorte de vertu innée. Au *gaefumadr*, tout réussit — tant que la *gaefa* dure, car on peut la perdre. À celui qui est *ógaefumadr*, comme Gísli, tout tourne mal, même si, comme c'est précisément le cas, les plus brillantes qualités physiques, intellectuelles et morales ne lui ont pas fait défaut.

107. Gestr semble vouloir dire que les garçons auraient peut-être donné un faux nom au vagabond, afin de déjouer toutes les poursuites ultérieures. La suite de l'histoire montrera pourtant que ce n'est pas vrai et qu'il s'agit bien des fils de Vésteinn. On a ici un parfait exemple de ce style

obscur, compliqué, plein de sous-entendus qu'un esprit cartésien saisit assez mal, mais dont les Islandais usaient fréquemment pour déjouer les curieux. En tout état de cause, on se rappellera que Gestr est parent de Vésteinn et qu'il a donc tout intérêt à faire cesser les poursuites contre les deux garçons. On voit qu'il y réussit.

108. Selon les croyances de l'époque, voir en rêve une femme montée sur un cheval gris et vous invitant à venir chez elle présageait une mort imminente. Le gris est une couleur fatidique et cette femme pourrait être la *fylgja*.

109. La conduite bizarre de Hávardr dans cette affaire s'explique par le fait qu'il est parent de Gestr Oddleifsson, lui-même parent de Vésteinn, en conséquence de quoi il cherche plus à protéger Gísli qu'à le poursuivre. On saisira ici sur le vif le jeu complexe, mais contraignant, des relations familiales et des obligations qu'elles imposent.

110. Autrement dit : on est l'artisan de sa propre mauvaise chance.

111. Les ptarmigans sont une des espèces les plus répandues parmi les oiseaux qui vivent en Islande.

112. Eyjólfr échoue pitoyablement dans toutes ses entreprises, se fait ridiculiser par Audr, et le voici, comble de la honte, désarmé par la même Audr. Il faut y voir un procédé de l'auteur pour mettre en relief les personnages d'Audr et de Gísli.

113. Gísli veut dire que, si Audr n'était pas intervenue, il aurait tué les deux hommes, Helgi l'Espion *et* Eyjólfr. Il faut bien voir que sa malchance est continuelle, et que c'est l'être qu'il aime le plus au monde, sa femme, Audr, qui est indirectement et involontairement responsable de sa mort.

114. Les vieilles lois du *Gulathing*, chap. XXIII, spécifient que les proscrits morts doivent être enterrés « à l'endroit où la mer et le gazon se rencontrent ».

115. Le gruau (*grautr*, quelque chose comme le porridge écossais, en plus mauvais) était la nourriture des pauvres en Islande, et en tout cas rien moins qu'un plat de choix destiné à honorer un hôte ! Thórdís veut dire par là qu'elle n'a nullement l'intention de faire honneur à Eyjólfr.

116. C'est un exemple de *sjálfdoemi* (jugement par soi-même) ou *eindoemi* (jugement seul, c'est-à-dire de soi seul). Une des façons les plus courantes de régler un différend était de s'en remettre au jugement du plaignant : il décidait seul, dans ce cas, et fixait lui-même le montant des compensations à payer. Comme c'était un grand honneur qui était fait là, il s'ensuivait généralement une modération des prétentions du plaignant. On verra que ce n'est toutefois pas le cas pour celles d'Eyjólfr, « pauvre type » jusqu'au bout.

DÉCOUVREZ LES FOLIO 2 €

Parutions d'octobre 2004

ANONYME   *Saga de Gísli Súrsson*

Vengeance, jalousie, trahison, tous les ingrédients sont rassemblés pour nous offrir une histoire de vaillance, d'amour et de mort dans le monde rude des fiers guerriers vikings.

BALZAC   *L'Auberge rouge*

Dans les brumes de l'Allemagne romantique au Paris médiéval, l'inspecteur Balzac mène l'enquête !

T. CAPOTE   *Monsieur Maléfique* et autres nouvelles

Quelques récits au charme mystérieux et envoûtant par l'auteur de *Petit déjeuner chez Tiffany*.

E. M. CIORAN   *Ébauches de vertige*

Une vision désabusée des hommes et du monde, une lucidité extrême.

COLLECTIF   *« Parce que c'était lui, parce que c'était moi »*
                            Littérature et amitié

Complicité, fidélité et solidarité caractérisent ce lien étonnant qui unit les hommes par-delà les pays, les années et les guerres. Les grands écrivains de la littérature mondiale — La Fontaine, Zola, Molière, Camus ou encore Fred Uhlman — ont exploré les multiples facettes de l'amitié et décrit avec sensibilité des moments de bonheur partagé.

S. DALI   *Les moustaches radar (1955-1960)*

Quelques pages du *Journal d'un génie* pour pénétrer dans l'intimité de l'un des plus grands créateurs du XXᵉ siècle.

C. HIMES   *Le fantôme de Rufus Jones* et autres nouvelles

Cinq courtes nouvelles où le désespoir le dispute à l'humour et la tendresse à la violence pour dénoncer le racisme et l'injustice.

P. NERUDA   *La solitude lumineuse*

Neruda livre ses souvenirs colorés et poétiques d'un Orient colonial et se révèle comme un homme passionné, curieux de tout et de tous, et un merveilleux conteur.

A. DE SAINT-EXUPÉRY   *Lettre à un otage*

Un appel à tous ceux qui, épris de liberté, refusent de subir. Un texte d'une rare actualité.

A. TCHEKHOV   *Une banale histoire*

Une nouvelle sombre et cruelle où bonheur et amour semblent inaccessibles... Un texte fort et vrai par l'un des plus grands écrivains dramatiques russes, l'auteur de *La Mouette* et de *La Cerisaie*.

DANS LA MÊME COLLECTION

Composition Nord Compo
Impression Novoprint
à Barcelone, le 15 septembre 2004
Dépôt légal : septembre 2004
ISBN 2-07-031661-0./Imprimé en Espagne.

03369